– AVERTISSEMENT –

Ce livre romantique contient des scènes et un langage à caractère violent et/ou sexuel et est très fortement déconseillé aux lecteurs de moins de 18 ans.
L'auteur et l'éditeur déclinent toute responsabilité dans le cas où ce livre serait lu par un public trop jeune.

Œuvre traduite de l'anglais et publiée par Dymat Group Limited.

ISBN : 9798669979492

Sa Fausse Petite Amie

Sarah S. Cope

Chapitre 1

Susan

Étant donné qu'elle avait pris sa journée, Anna en avait profité pour s'absenter pendant que je m'étais éclipsée prendre ma douche. Elle était revenue avec des bagels et du café de 'Round the Bend Bagels, situé à quelques pas de l'appartement. À cette époque-là, le lien qui nous unissait était semblable à celui que partageraient deux sœurs.

Nous étions en train de profiter de notre petit goûter et, comme d'habitude, nos conversations avaient invariablement abordé le thème de nos ex-petits amis.

— Est-ce que Jonathan a enfin décidé de te laisser tranquille ? demandai-je à Anna, alors que je venais d'engouffrer une délicieuse bouchée de bagel à la myrtille.

Elle hocha la tête.

— En tous les cas, je pense que oui, enfin, en grande partie. Il y a quelques jours de cela, il m'a envoyé des textos et m'a dit qu'il voulait vraiment me voir, peut-être autour d'un verre ou d'un dîner. Je lui ai répondu « non » et je lui ai demandé qu'il fasse en sorte d'oublier mon numéro.

— Il ne s'était jamais montré aussi déterminé lorsque vous étiez ensemble, enfin, c'est ce que je pense. Il semblait indécis sur tout.

— Oui, exactement. Il n'arrivait à prendre aucune décision. Ça me rendait folle. Et il croit vraiment qu'il va devenir procureur ! ajouta-t-elle, en ricanant.

Nous nous sommes mises à glousser toutes les deux. S'imaginer le timide petit Jonathan en plein milieu d'un tribunal, en train d'essayer de convaincre les jurés de la culpabilité d'un prévenu, nous paraissait tout simplement ridicule. Il n'avait pas un gramme d'agressivité en lui.

Me sentant un peu coupable, j'ai secoué la tête et me suis arrêtée de rire.

— Tu sais, on ne devrait pas se moquer de lui. Après tout, il poursuit de tout son cœur le rêve qu'il a en tête.

Honteuse d'avoir été réprimandée, Anna s'éclaircit la gorge et baissa le regard sur sa grande tasse de café fumant.

— Oui, tu as raison.

Et puis, elle éclata de rire à nouveau.

— Excuse-moi, mais je ne peux me l'imaginer en train de menacer quelqu'un du bout du doigt, que cette personne soit coupable ou non.

Je lui ai lancé un regard sévère, tout en essayant de ne pas la rejoindre dans ce fou rire.

— Vous deux étiez incompatibles dès le début, alors sois gentille. Ce n'est pas de sa faute si sa personnalité a été victime de ta nature grégaire, Anna.

Ses yeux se mirent à étinceler.

— En parlant de personnages plus grands que nature, comment se porte ce cher Monsieur Avery Stanton depuis que tu l'as, si tendrement, relégué au rang d'ex-petit ami il y a quelques semaines ?

J'ai roulé des yeux de façon un peu théâtrale et ai soupiré.

— Il est obstinément la personne la plus agaçante que j'aie jamais rencontrée de toute ma vie ! Il essaye de m'envoyer des textos et je les ignore. Il tente de m'appeler et je rejette ses appels. J'ai fini par bloquer son numéro et par conséquent, il est allé sur les réseaux sociaux et a trouvé mon profil sur Facebook et Snapchat. Il m'a envoyé plein de messages et a exigé que je parle avec lui.

Elle leva le regard de sa tasse de café et fronça des sourcils.

— Susan, ça ressemble un peu à du harcèlement. Peut-être devrais-tu le signaler.

Elle posa sa tasse, le visage figé et sombre.

— Non, c'est juste qu'il est à l'opposé exact de Jonathan et qu'il s'est toujours montré trop agressif. Il finira par laisser tomber.

J'ai croisé son regard, furtivement.

—Je suis sûre qu'il finira par lâcher l'affaire, je te le promets.

J'essayais de sourire mais c'était impossible ; pas lorsque le sujet de conversation tournait autour d'Avery.

— Il te menace ? Sois honnête. Si je sens que tu es en train de me mentir, je me débrouillerai pour pirater ton compte et je verrai bien par moi-même les messages qu'il t'envoie.

Son expression faciale n'avait pas changé.

Sachant qu'elle était capable de le faire et qu'elle exécuterait son plan, je l'ai dévisagée un moment, ne voulant pas lui répondre, et puis j'ai fini par hausser les épaules.

— Non, rien de très effrayant. Enfin, pas en ce qui me concerne.

J'étais en train de repasser ses messages dans ma tête et je savais très bien comment une personne qui n'était pas habituée à ses manières pompeuses et grossières pourrait les interpréter.

— Il est juste en colère parce que je refuse de lui parler. Il passe d'un extrême à l'autre : soit il me supplie de le rencontrer, soit il menace de venir me trouver et de salir ma réputation sur les réseaux sociaux.

J'ai levé la main pour lui dire de ne pas m'interrompre.

— Mais je ne crois pas qu'il soit capable de quoi que ce soit. C'est un con, je te l'accorde, mais il n'est pas idiot. Il sait très bien que s'il entache ma réputation, ça pourrait se retourner contre lui. Il en va de même s'il en venait au conflit, car je pourrais le dénoncer. Non, il ne fera rien, je te le promets.

Ses yeux ne me quittèrent pas un instant. Les petites lignes qui s'affichaient aux commissures de ses lèvres trahissaient son inquiétude et contrastaient avec son attitude d'habitude joyeuse et pétillante. Il fallait bien que ça tombe sur moi de me retrouver avec un ex complètement psychotique. Cela me faisait mal de constater que mon choix peu éclairé lui causait du souci.

— Je n'aime pas ça. Il est peut-être un gros bonnet dans la boîte où il travaille mais ça ne veut pas dire qu'il n'est pas dangereux.

Elle affichait un sourire tendu.

Désireuse de changer de sujet de conversation, je me suis levée pour attraper ma besace en cuir et en ai sorti les derniers clichés que j'avais imprimés.

L'architecture de la ville de New York m'avait toujours inspirée et j'adorais pouvoir prendre des photos sous un éclairage naturel parfait, car cela ne faisait qu'accentuer la beauté des vieux bâtiments. J'ai étalé les photos sur la table, un grand sourire aux lèvres, vraiment satisfaite de la qualité de mes clichés.

Le regard d'Anna s'est éclairci à nouveau et son sourire n'a fait que s'agrandir au fil des photos qu'elle prenait dans sa main. Elle était en train d'étudier plusieurs photos de la bibliothèque municipale de New York. Quelques-unes étaient en noir en blanc et j'avais d'ailleurs un penchant pour ces dernières, tandis que d'autres étaient prises en contre-plongée pour accentuer la taille des structures architecturales.

Elle passa toutes les photos en revue, puis elle en prit une dans ses mains et l'examina minutieusement.

— Je comprends le sens des autres photos mais, avec celle-ci, je ne vois pas vraiment où tu veux en venir, Susan.

Elle la tourna sur le côté, puis la remit droite. Je me mis à rire et la lui retirai des mains.

— C'est *la* photo kitsch de cette série, merci beaucoup. Quand j'étais gosse, j'avais l'habitude de regarder un truc à la télé qui s'appelait *Readin Between the Lions*. J'ai voulu prendre ce cliché pour l'ajouter à mon album photo.

Elle se mit à rire et rangea le reste des photos.

— Qu'est-ce que tu peux être bizarre, parfois. J'aurais misé sur l'un de ces clichés qui font plus professionnel.

Elle me tendit la pile de photos.

— Alors, quand vas-tu vraiment te mettre à ton compte et faire de la photo à plein temps, au lieu de te casser le dos à Harvill's Fine Dining ? Moi, je ne supporterais pas de servir tous ces riches à longueur de journée.

Elle plissa son visage et afficha une mine dégoûtée.

— Tu dis ça comme si j'étais leur bonniche personnelle et que je bossais comme un forçat dans leur grand château.

Je glissai toutes les photos dans le classeur puis remis la besace à sa place.

— Et puis en plus, ils me donnent des pourboires très généreux.

— Oh, je vois ce que tu es en train de faire. C'est une bonne stratégie, mais tu n'as pas répondu à ma question, n'est-ce pas ?

Elle entrelaça ses doigts et posa ses mains sur ses genoux, m'observant, comme si elle était une détective.

— Non, je ne t'ai pas donné de réponse. Mais à présent, il est l'heure que je parte pour aller bosser et je n'ai pas le temps d'en discuter.

Je lui lançai un petit clin d'œil et quittai la pièce en trottinant.

Elle me cria après.

— Tu sais, si tu te donnais corps et âme dans ce que tu fais, tu pourrais être l'une des meilleures photographes de ta génération,

Susan. Ne troque pas ton rêve contre quelques bons pourboires !

Chapitre 2

Nate

Dans le domaine de la construction, les Entreprises Talbot ont mené à bien un projet de plateforme pétrolière. Dans le secteur financier, les Entreprises Talbot ont œuvré pour le financement des entreprises de leur client. Qu'est-ce que tout cela signifiait pour moi-même et toute mon équipe de managers très compétents ? Eh bien, que nous allions ramasser beaucoup d'argent pour ce seul projet, et ce, pour encore des années à venir.

Même si, grâce à ma famille, j'allais hériter de plusieurs milliards, j'étais plus que satisfait de faire mes preuves en travaillant durement, honnêtement et en utilisant mon sens aigu des affaires. Bien sûr, ce n'est pas comme si j'avais réellement eu à travailler très dur, car ces sociétés se géraient pratiquement toutes seules, ce qui me laissait largement le temps de profiter d'une vie de luxe que peu de gens auraient la chance de vivre.

Et puis d'ailleurs, je ne me souciais pas trop d'échouer. Après tout, ce n'était pas par chance que ma famille était la plus riche de tout le pays. Cela me conférait une certaine latitude dont, pourtant, j'essayais de ne jamais profiter.

Il y a quelques années de ça, j'étais le riche playboy typique qui ne nourrissait qu'un unique intérêt, celui pour les femmes sexy, les fêtes, les bolides et les amourettes d'un soir. J'ai muri, j'ai réfléchi à mon parcours de vie et je me suis rendu compte qu'il me manquait quelque chose. Cette situation était en train d'affecter mon capital et pesait sur mes relations familiales. Je devais opérer un changement.

Et c'est donc ce que j'ai fait. J'ai changé de cap et ai décidé de me lancer dans l'entrepreneuriat. J'avais d'ailleurs aussitôt essayé de m'améliorer en ne couchant plus à droite à gauche, en arrêtant de faire la fête et en mettant au point les plans pour mes entreprises actuelles. Une fois ce grand projet pour Mandrake clôturé, ils nous en confièrent un autre qui semblait être tout aussi lucratif que le premier. J'étais aux anges et me réjouissais de notre succès, tout comme devaient le faire mes managers.

Nous nous sommes réunis au siège social de l'entreprise, à New York City. Oui, je suis fier de pouvoir dire que je suis le propriétaire de cet édifice. C'était la seule chose que ma grand-mère avait financée durant mon parcours de millionnaire autodidacte. D'ailleurs, je l'avais remboursée dès que j'avais pu, après avoir tiré assez de profits de mes négoces. C'est la seule façon de s'assurer le succès : il faut toujours veiller à rembourser les personnes qui vous ont aidé.

Alors que nous étions en train de nous prélasser dans mon bureau, nous félicitant les uns les autres, passant en revue les meilleurs moments du projet Mandrake, et que nous arrosions copieusement ce succès avec de grands verres de cognac qui étaient réservés pour des occasions comme celle-ci, les managers étaient bruyants et déchaînés. J'ai fermé la porte – car la journée de travail n'était pas terminée et les autres personnes présentes dans l'immeuble essayaient de travailler.

J'ai pris place en plein milieu de la pièce, ai levé mon verre et ai félicité mon équipe à pleins poumons. Ils applaudirent et se mirent à trinquer.

— Bon, d'accord, je pense qu'un dîner pour célébrer tout ça s'impose. C'est moi qui invite. C'est ma façon de vous remercier pour un travail bien fait et c'est un dîner entre potes, des amis qui justement sont aussi mes collègues. Nous irons chez Harvill's ce soir et nous allons nous payer un repas fantastiquement hors de prix. Vous en dites quoi ?

Je leur ai souri. Ils étaient tous d'accord. Bien qu'ils touchaient tous de généreux salaires, peu d'entre eux s'accordaient le luxe d'aller dîner chez Harvill's, l'un des restaurants les plus chers de toute la ville. J'ai appelé mon assistante personnelle, Teresa, pour qu'elle vienne nous rejoindre dans mon bureau.

— Oui, Monsieur Talbot ? demanda-t-elle, souriante, en ouvrant la porte.

Elle se glissa jusqu'au bord de mon bureau, un carnet à la main. Tous les hommes se turent et je savais qu'ils étaient en train de la reluquer. Elle avait des formes généreuses, des cheveux noirs et bouclés qui cascadaient jusqu'au niveau de sa taille, des yeux d'un bleu glacial intense et des lèvres charnues. Était-elle sexy ? Oui, sans aucun doute. Son chemisier et sa jupe serrés mettaient ses atouts en valeur. Elle était une femme sûre d'elle, pleine d'assurance et bien dans sa peau. Elle était aux antipodes de la femme timide qui cache ses formes sous des vêtements trop grands. Son assurance lui avait permis de décrocher ce poste et sa façon de mener les affaires, droitement et efficacement, avait solidifié sa position parmi mes employés.

— Mademoiselle Wakefield, j'ai besoin que vous me réserviez une table pour six pour ce soir chez Harvill's. Ne vous laissez pas marcher dessus et ne les laissez pas vous dire qu'il n'y a plus de tables disponibles. Si cela pouvait avoir lieu après 17 heures, ça serait fantastique.

J'ai souri en la regardant écrire dans son carnet.

— Ça sera tout ?

— Oui, je pense que oui, pour le moment. Merci. Ah, pensez aussi à prendre rendez-vous avec la société de maintenance du système de climatisation. Il faut qu'elle nous envoie un réparateur pour la climatisation au deuxième étage, cela fait une semaine qu'elle fonctionne mal.

Elle gloussa un peu, hocha la tête et ajouta cette requête dans son carnet. Elle me lança un regard circonspect, puis me demanda :

— Ça sera tout ?

J'ai hoché la tête.

— Oui, ça sera tout.

— Et laisser toutes ces magnifiques rondeurs se perdre, une fois de plus ?

Teresa était sur le point de quitter la pièce lorsque l'un de mes employés, Avery, décida qu'il serait amusant de se moquer d'elle.

Teresa écarquilla les yeux, puis les plissa. Ses lèvres étaient serrées et ses joues avaient viré au rouge flamme. Elle parut aussi furieuse que je l'étais, puis quitta la pièce sans dire un mot. J'ai continué d'observer la scène.

La pièce était devenue silencieuse et j'ai attendu quelques secondes, assis derrière mon bureau, pour essayer de calmer ma colère. Puis, je me suis tourné vers Avery.

— Ne t'avise plus jamais de manquer de respect à l'un de mes employés, Avery. D'ailleurs, si tu veux continuer à profiter de ton travail et du salaire qui va avec, ne t'avise plus jamais de manquer de respect à une femme en ma présence.

Avery me foudroya du regard et je savais qu'il n'en resterait pas là. Je me suis dit qu'il valait mieux que j'en finisse avec lui avant que la situation ne dégénère et qu'il ne parvienne à gâcher l'après-midi et la soirée pour tout le monde.

— Avery, je sais que c'était un commentaire sur le vif et que tu n'as rien voulu dire de désagréable, mais c'était vraiment très disrespectueux. Je ne tolère pas ce genre de comportement au sein des Entreprises Talbot et tu le sais. Alors, si tu as quelque chose à me dire, je te suggère de le faire et de vider ton sac.

Je ne l'ai pas lâché du regard. Sur le fond, Avery était un bon employé mais parfois, en tant qu'être humain, j'avais tout bonnement envie de le jeter par la fenêtre. D'une très haute fenêtre. Son comportement envers les femmes m'avait déjà pris à rebrousse-poil à plusieurs reprises, cependant, c'était la première fois qu'il se permettait de se comporter de façon si vulgaire en ma présence.

Il ricana, secoua la tête puis détourna son regard momentanément.

— Non, je n'ai rien à dire. Rien du tout, Nate.

Les muscles de sa mâchoire se crispèrent, se relâchèrent puis se crispèrent à nouveau.

— J'avais tort, je suppose.

Après un moment de silence extrêmement tendu, j'ai applaudi, me suis mis à rire et me suis levé.

— Super ! Bien, maintenant, parlons du dîner. Teresa me confirmera notre réservation dès que possible et je vous en communiquerai les détails. Nous nous retrouverons chez Harvill's et il sera strictement interdit de parler business. C'est une célébration, d'accord ?

Puis, Raymond ajouta :

— Et que personne n'abuse de l'alcool, sinon je prends vos clés et je vous renvoie chez vous avec Uber !

Cette remarque fut accueillie par de nombreux rires, car l'année précédente, Bob avait trop bu et avait refusé de se faire raccompagner en taxi ou par l'un d'entre nous. Raymond avait donc eu recours à l'application Uber, mais il avait donné la mauvaise adresse au conducteur et Bob avait atterri chez son ex-femme, en plein milieu de la nuit, bien trop saoul pour pouvoir marcher convenablement. Il avait fini par s'endormir sur l'une des chaises du patio. Cela avait tourné au vinaigre lorsque le matin suivant, elle était sortie de chez elle et l'avait trouvé là.

C'était une super histoire que l'on ne se lassait pas de raconter et qui nous faisait toujours autant rigoler, mais j'aurais parié toute ma fortune que Bob n'avait aucune intention que cela se reproduise.

Chapitre 3

Susan

Tillman Fritz, le manager de Harvill's Fine Dining, était l'une des personnes que j'affectionnais le moins au monde. C'était un directeur des cuisines qui veillait toujours à ce que le travail soit fait. Il était efficace et faisait en sorte que ses clients profitent d'une expérience cinq étoiles dans son restaurant.

Lorsqu'il eut rassemblé tout le monde pour une réunion du personnel, je m'étais installée à l'arrière, espérant ne pas attirer son attention. On avait déjà parfois du mal à comprendre ce qu'il disait à cause de son fort accent allemand mais, lorsqu'il était en colère, alors, tous aux abris ! Une semaine plus tôt, il s'était attaqué à moi parce que j'avais servi une mauvaise commande à une table. Il m'avait lancé une tirade presque entièrement en allemand avec seulement quelques mots en anglais de-ci de-là.

Il mesurait presque deux mètres de haut et surplombait chacun de ses employés, surtout les femmes. Ses yeux bleu-vert et perçants semblaient pouvoir transpercer l'âme de quiconque s'aventurait à froisser son humeur. Par sa nature, il était grincheux et affichait toujours un visage sérieux et sombre. Lila qualifiait cette expression faciale de « tronche de connard » et j'étais tout à fait d'accord avec elle. Apparemment, cet homme était né à la fois méchant et agressif.

Depuis que j'avais commencé à travailler chez Harvill's, Monsieur Fritz ou « Herr Fritz » comme il préférait être appelé, avait congédié six serveuses et un chef qui avaient quitté les lieux en pleurs, victimes de ses crises tyranniques. Ce n'était pas inhabituel de le voir jeter à la poubelle une commande dans sa totalité, de prendre la place du chef et de préparer lui-même un repas pour des clients importants. Et tout du long, il n'arrêtait pas de tempêter, mais il faut admettre que les repas étaient toujours excellents. Dignes d'un cinq étoiles.

Je n'avais jamais eu peur de lui et ne m'étais pas enfuie, même au beau milieu d'une de ses pires crises. Je n'avais jamais ressenti le besoin de fondre en larmes et de partir en courant. J'avais besoin de ce travail et ce n'était pas son fichu caractère qui allait me faire perdre ma place et mon gagne-pain. Les gens commettent des erreurs, personne n'est parfait, mais Herr Fritz était d'avis que nous n'avions pas droit à l'erreur dans son restaurant. Il s'attendait à ce que tout soit parfait. Il l'exigeait. S'il estimait qu'un employé avait commis une grave infraction, ça ne lui posait aucun problème de le renvoyer sur-le-champ.

Pendant mes heures de travail, j'essayais de trouver le juste équilibre entre briller et être en passe de me faire virer, tout en faisant de mon mieux et en vérifiant toujours les commandes avant de les servir. Dès que je détectais le moindre problème, je renvoyais le plat en cuisine pour que Max, le chef cuisinier, s'en occupe. Il se mettait invariablement à prononcer tout un tas de gros mots en français dans sa barbe, ce que je trouvais toujours amusant. Le français est une langue tellement romantique que même lorsqu'une personne prononce des injures, cela n'a rien de menaçant ou de méchant. Le moins qu'on puisse dire, c'est que Max et moi entretenions une relation d'amour et de haine.

Tout au fond de l'assemblée, je me tenais là, discrètement, tout en contemplant les photos que j'avais montrées à Anna. Mon projet de business en ligne me semblait tellement hors de portée que, pour le moment, je devais me contenter d'en rêver. J'avais payé pour un domaine et pour un site Internet qui n'était toujours pas publié. Les photos que j'y ajoutais constituaient comme une sorte de portfolio digital, mais ce dernier manquait de cohésion et je ne savais pas trop quoi faire pour y remédier. Au moins, j'avais une copie digitale de mes photos en ligne, c'était déjà ça. Chaque cliché avait au minimum trois copies digitales et une épreuve sur papier que je gardais à la maison.

Herr Fritz était en train de nous saouler au sujet des plats du jour, comment les clients devaient être installés, sur le nouveau plan des tables, mais moi, tout comme le reste de mes collègues, je l'écoutais à peine. J'étais perdue dans mes pensées, mais je remarquai tout de même qu'il s'était arrêté de parler et qu'un lourd silence venait de s'abattre dans cette pièce. J'ai fait des efforts pour me concentrer à nouveau et ai levé le regard pour voir ce qui se passait, pensant que la réunion avait tout simplement touché à sa fin.

Herr Fritz parcourut la salle du regard, les joues en feu. J'ai regardé autour de moi et me suis aperçue que nous n'étions que quelques-uns à prêter attention et à le regarder. Mes autres collègues semblaient absorbés par leurs pensées. Alors que je pensais qu'il n'allait rien dire et ignorer ce manque d'attention, il a pris son bloc-notes et l'a fait claquer sur la table. L'horrible bruit, semblable à une détonation, fit sursauter tout le monde et on entendit plusieurs personnes pousser un petit cri.

— Quelqu'un a-t-il prêté attention à ce que je viens de dire ou êtes-vous tous ailleurs ?

Il ne criait pas et pourtant sa voix résonnait et rebondissait en faisant écho sur les murs de la pièce. Même lorsque la cuisine était en pleine ébullition et en plein pic d'activité, sa voix portait facilement et personne n'avait de difficulté à l'entendre. Lorsqu'une pièce était silencieuse, c'était carrément stressant tant elle retentissait fort.

— Oui, nous avons des invités VIP ce soir et leur arrivée est prévue pour 18 heures. Il faut que tout soit parfait pour eux ou bien nous sommes virés, dit Max, un sourire gras aux lèvres, visiblement content de lui-même.

Till hocha la tête une fois.

— Oui, c'est bien cela, précisément. Et c'est encore plus vrai pour les serveurs.

Il posa son regard glacial sur moi.

— Susan Marley, tu commets souvent des erreurs, ajouta-t-il.

Puis, il pointa un doigt menaçant vers moi en le faisant agiter.

— Mais, pas ce soir ou bien je me débarrasse de toi pour de bon, c'est compris ?

Tout le monde se tourna vers moi pour me fixer. J'eus une bouffée de chaleur et mon cou devint tout rouge. Je le fixai, alors qu'il était en train de m'engueuler, puis je hochai la tête.

— *Nein !*

Il secoua la tête et tapa sur son bloc-notes avec son pouce, comme pour me prévenir de l'importance des mots qu'il était sur le point de prononcer.

— Je veux te l'entendre dire, poursuivit-il, en levant ses sourcils.

— Je comprends, dis-je, doucement, mal à l'aise d'être mise ainsi sur la sellette devant tous mes collègues de travail.

— Bien. Une seule erreur et tu devras trouver du travail autre part. Je ne tolèrerai pas que tu mélanges les commandes, que tu renverses les verres, que tu fasses tomber de la nourriture ou que tu fasses quoi que ce soit de maladroit ou de trop lent. Je veux te voir travailler rapidement, efficacement et avec grâce. C'est compris ?

— Je vous comprends parfaitement, Herr Fritz, dis-je, la voix tremblante alors que j'avais le plus grand mal à me contenir.

— Très bien.

Il continua de me fixer du regard quelques moments puis posa son regard sur son bloc-notes.

— La table VIP est réservée pour 18 heures 30.

Il dévisagea ensuite chacun de mes collègues avant de jeter ses épaules massives en arrière.

— La réunion est à présent terminée !

Nous étions toujours extrêmement débordés entre 18 heures 30 et 21 heures. Et pourtant, les clients VIP s'arrangeaient toujours pour réserver à ces heures alors qu'ils savaient très bien qu'ils devraient attendre avant d'être servis et que des erreurs étaient possibles. Apparemment, les clients VIP ne dînaient pas durant les heures creuses.

Je lançai un soupir de soulagement, car Till avait enfin quitté la pièce, et puis, lorsque je me retournai, je vis Max en train de ricaner. Il fit claquer sa langue et secoua la tête.

— C'est le moment de sortir le grand jeu, Susie.

— Je m'appelle Susan, *Maxi,* rétorquai-je, du tac au tac, avant de tourner les talons et de le laisser sur place.

Ses petits ricanements me poursuivirent jusqu'à mon poste de travail, ce qui ne fit qu'attiser ma colère.

Lisette me donna la liste des tables que je devais servir ce soir-là. Alors que je parcourais le document, elle attira mon attention sur une table dans un coin de la section E.

— Pour info, c'est la table VIP.

Elle sourit et me lança un clin d'œil.

Mon cœur cognait et j'avais la gorge nouée.

— Non, s'il te plaît, Lisette, laisse-moi échanger cette table avec l'une de Jillian, n'importe qui. Je ne veux pas de VIP ce soir.

Elle se mit à rire.

— Mais bien sûr que tu le veux. Enfin, tu changeras d'avis. Ce mec donne des pourboires astronomiques. Et puis, à cette heure-là, Jillian s'occupe d'une table de huit. Toi, tu n'as que 6 personnes et tes pourboires seront bien plus généreux.

Elle ramassa ses papiers et se dirigea vers l'entrée du restaurant.

Je me suis effondrée. Une seule erreur et je serais virée. La table était réservée pour deux heures et pour six personnes. Deux heures entières durant lesquelles je ne pourrais pas relâcher mon attention une seule seconde, même lorsque nous serions débordés. Anxieuse, je suis allée au poste des couverts pour aider à préparer la salle.

La première partie de la soirée passa rapidement, même si je n'arrêtais pas de regarder ma montre, redoutant l'arrivée de mes clients VIP. Au top de ma concentration, je me suis débrouillée pour ne commettre aucune erreur et n'avoir aucun accident avant 18 heures 30. Cette soirée se déroulait sans un seul faux-pas auprès des clients.

Les pourboires s'accumulaient et j'étais plutôt de bonne humeur, malgré les efforts répétés de Max pour me mettre de mauvais poil. Chaque fois que l'un des plats que je devais servir était prêt à sortir des cuisines, il prenait un malin plaisir à m'appeler « Susie ». Je détestais ce surnom tout autant qu'il ne supportait pas qu'on l'appelle « Maxi », alors, je ne me privais pas et lui rendais la monnaie de sa pièce, un sourire aux lèvres. Pouvoir rester calme et efficace malgré ses pinaillages était une grande victoire pour moi.

Et puis, l'heure est arrivée bien plus rapidement que je ne l'aurais souhaité. Je suis restée « aux abris » pour ainsi dire. Je les ai observés s'installer et lire leurs menus un moment. Je me suis collé un grand sourire sur le visage et me suis préparée à aller prendre leurs commandes de boissons.

— Bonsoir, Messieurs. Je suis Susan, votre serveuse pour ce soir. Puis-je prendre vos commandes de boissons ?

D'habitude, je ne prenais pas la peine d'écrire les commandes étant donné que nous étions équipés de tablettes digitales qui étaient directement reliées à la station des serveurs. Les commandes étaient ensuite envoyées aux cuisines où elles pouvaient être imprimées si nécessaire. Cependant, j'avais un peu de mal à manier ces tablettes et j'avais donc décidé de prendre mes commandes à l'ancienne, avec un carnet et un stylo. Ensuite, j'allais à la station des serveurs pour la transmettre.

Herr Fritz aurait été furieux s'il m'avait surprise à faire ça mais j'avais besoin de m'assurer qu'il n'y ait pas d'erreurs dans mes commandes. J'ai souri à tout le monde pendant que ce groupe d'hommes élégants commençait à baisser leurs menus et à révéler leurs visages.

Mon rythme cardiaque s'accéléra lorsque je le vis, assis directement en face de l'endroit où je me tenais.

Avery Stanton. Mon ex, arrogant et toujours prêt à semer le désordre. J'aurais bien continué sur ma tirade mais les mots restèrent coincés dans ma gorge quand il se mit à me mater.

— Eh bien, eh bien. Bonsoir, Susan. Je comprends mieux à présent pourquoi le service était si lent.

Le bruit du battement dans mon cœur m'assourdissait complètement. Le fait qu'Avery soit présent à cette table ne présageait que des ennuis. J'ai détaché mon regard de son visage et ai scanné le reste des personnes présentes, sans vraiment faire attention. Sans plus parler, j'ai pris note de leurs commandes, les ai remerciés et suis repartie vers ma station, les jambes raides et pourtant les genoux en coton.

— Tu te sens bien ? me demanda Lisette.

J'ai gardé mes yeux sur l'écran, ai hoché la tête, puis ai fini par craquer.

— Non, pas vraiment, Lisette. Mon ex fait partie des clients VIP, alors il très probable que je sois renvoyée avant la fin de la soirée.

J'ai fini de transmettre ma commande et je suis partie avant qu'elle ne puisse prononcer le moindre mot d'encouragement. Elle voulait bien faire, mais je n'étais vraiment pas d'humeur à ça. Elle aurait beau m'apporter son soutien, cela n'y changerait rien. Je savais très bien comment allait se conclure cette soirée.

Chapitre 4

Nate

Je me demandais combien de verres les autres avaient bus depuis notre réunion dans mon bureau. Ils semblaient être déjà plus chahuteurs que d'accoutumée. Surtout Avery. Il avait déjà fait remarquer combien la serveuse lui paraissait lente et il avait déjà prédit qu'elle allait gâcher notre repas.

— Si vous voulez mon avis, elle m'a tout l'air d'une fille débile et superficielle.

Il se tut lorsqu'elle réapparut avec un plateau sur lequel étaient posées toutes leurs boissons. Les autres la dévisagèrent, suspicieux. Elle avait l'air mal à l'aise mais pas du tout idiote ou superficielle. Et ça, c'était mon avis.

Elle était jolie, une sorte de beauté classique. Ses cheveux d'un brun doré, attachés juste au niveau du col pour que son visage reste dégagé, étaient d'une couleur inhabituelle. C'était soit une teinte de brun très clair, soit une teinte de blond très foncé avec des mèches foncées de-ci, de-là. Cette couleur était naturelle, elle n'avait pas été inventée dans un salon, mais je sais que de nombreuses femmes seraient prêtes à payer une fortune pour avoir la même teinte de cheveux.

Son bronzage, lui aussi, était naturel. Elle n'était pas allée dans l'un de ces salons de bronzage pour s'allonger sur un lit ou se faire couvrir d'autobronzant. C'est le soleil qui avait donné à sa peau ce bronzage naturel et je pouvais voir la différence entre son apparence, naturelle, et celle de toutes mes anciennes copines – orange, le jour où elles revenaient du salon, un peu moins orange et plus bronzées quelques jours après et plus de bronzage après deux semaines. Si je comparais l'une d'entre elles à cette jeune femme, elle les aurait fait passer pour des mannequins de vitrine avec tous leurs extras achetés, leur maquillage, leurs extensions, teintures et chirurgies plastiques.

J'ai cessé de la regarder car je ne voulais pas la mettre mal à l'aise, mais je me demandais si je la connaissais ou pas. Son visage me paraissait très familier mais je n'arrivais pas à me souvenir où j'aurais pu la croiser. Ce n'était pas quelqu'un avec qui j'étais sorti, même si ça ne m'avait pas dérangé. Elle était élancée mais avait des formes généreuses et dès que j'ai détourné mon regard d'elle, je me suis retrouvé en train de la regarder à nouveau alors qu'elle se baissait pour poser les verres devant nous.

Nos regards se croisèrent brièvement et j'aperçus une lueur de reconnaissance dans ses yeux. Puis, elle se tourna vers Avery, qui ne put s'empêcher de l'ouvrir et gâcher cet agréable moment.

— Je ne cherche pas à vous causer de problèmes mais pourriez-vous, s'il vous plaît, faire un peu plus vite avec le reste de notre repas ? Je veux dire, nous payons le prix fort et nous nous attendons à recevoir un service équivalent au tarif affiché. Si vous n'êtes pas capable de suivre, peut-être devriez-vous confier notre table à l'un de vos collègues compétents.

Il prit son verre et se rassit, en ricanant.

— Vous m'en voyez désolée. Je ferai de mon mieux pour améliorer la qualité de mon service. Êtes-vous prêts à passer votre commande ?

Elle sortit un stylo de la petite poche de son tablier, posa le plateau des boissons en équilibre sur sa hanche et se prépara à prendre note.

Le sourire qu'elle nous lança parut assez naturel, en tout cas assez naturel pour duper mes invités, mais j'avais remarqué la légère crispation dans son regard et quelque chose me disait qu'elle était furieuse avec Avery.

On pouvait lire « Susan » sur le joli petit badge qu'elle portait au-dessus de son sein gauche. Si elle nous avait déjà dit son nom, je ne l'avais pas entendu. Des souvenirs confus de mon enfance revinrent à la surface, mais je les ai chassés de mon esprit.

J'avais énoncé mon choix en premier, délibérément, et lorsque j'eus fini, ai-je regardai en direction de Bob, qui était attablé à ma gauche, pour m'assurer qu'Avery serait le dernier à parler. Passif agressif ? Sûrement, mais je ne voulais pas avoir à le reprendre pour son comportement devant cette jolie serveuse et aggraver son malaise.

Lorsque ce fut le tour d'Avery, il le fit de manière aussi grandiose qu'exaspérante. Il avait fait exprès de modifier légèrement tout ce qu'il avait commandé. C'était des ennuis assurés pour la serveuse et le chef de cuisine n'apprécierait sûrement pas.

Arrogant, il se pencha, les coudes sur la table, et lui sourit.

— Et maintenant, pour mes hors-d'œuvre, je prendrai le foie gras entier.

Il s'arrêta, lui laissant le temps d'en prendre note.

— Vous savez comment ça se prépare, n'est-ce pas ?

Elle me jeta un coup d'œil, puis regarda Bob et revint poser son regard sur Avery. Elle se mit à glousser, les yeux fixés sur son carnet.

— Oui, je suis tout à fait au courant.

Alors qu'elle le dévisagea de nouveau, on sentait l'orage gronder en elle.

Puis, Steward dit :

— Eh bien moi, je n'en ai aucune idée ? C'est quelque chose de hautement exotique ?

Raymond donna un coup de coude à Avery.

— Allons, ne fais pas durer le suspense plus longtemps. On pourrait avoir envie de modifier notre commande et de demander du « fouagra auntié ».

Avery secoua la tête et s'exclama :

— Ce mot ne se prononce pas comme ça !

Il le répéta à nouveau, lentement, et le prononça parfaitement pour Raymond. Il leva les sourcils en direction de Susan et poursuivit.

— On le prépare en gavant des oies ou des canards au moyen d'un tube jusqu'à ce que leur foie soit bien gros et gras.

Il claqua des lèvres, bruyamment.

— C'est le meilleur hors d'œuvre du monde, pas vrai, Susan ?

— Ce n'est pas mon rôle de faire des commentaires sur la nourriture, dit-elle.

Elle ne le quittait pas du regard, tout en restant calme et composée.

— Je trouve que souvent, le résultat est bien meilleur lorsqu'il est issu d'un acte violent, dit Avery.

Il laissa traîner son regard sur elle, en riant lascivement.

— Et puis d'ailleurs, quel mec serait contre l'idée de fourrer quelque chose dans la gorge de quelqu'un, de temps en temps ?

La voix un peu tremblante, elle continua :

— Et pour le reste d'entre vous ?

— Susan, si cela ne vous dérange pas, nous aurons l'assortiment de charcuterie de la semaine avec une baguette crostini. Pourriez-vous nous dire quelles moutardes accompagnent ce plat ? lui demandai-je, en souriant.

Avery ricana et se cala à nouveau contre le dossier de sa chaise, tout en ruminant lorsqu'elle se tourna vers moi.

Après qu'elle eut énoncé la liste des moutardes, je lui dis :

— Moutarde de Dijon aux noix, moutarde de Bourgogne et moutarde à l'érable. Tout ça me semble parfait. Merci beaucoup, Susan.

Elle se mit à écrire à toute vitesse, avec une expression figée et sombre.

— Merci, Messieurs. Je lance votre commande dès à présent et reviens avec vos entrées.

Elle hocha la tête et quitta la table.

Avant qu'elle ne puisse s'éloigner, Avery la corrigea :

— On ne dit pas « entrées » mais « hors d'œuvres » !

Sa démarche guindée et la raideur de sa posture m'indiquaient qu'elle accomplissait un travail merveilleux pour se retenir de laisser transparaître l'irritation dirigée contre le seul client chiant de notre table.

— Avery, pour l'amour de Dieu, tu pourrais essayer de ne pas causer de scène ? Je sais que je te demande un énorme effort, mais ne pourrions-nous pas profiter de ce dîner pour célébrer notre succès retentissant sur le projet Mandrake ?

Je fis de mon mieux pour essayer de sourire et de paraître agréable mais ce fut un échec total sur toute la ligne.

Il se mit à ricaner une fois de plus et cette fois-ci, il roula des yeux ce qui eut pour effet de m'irriter au plus profond de moi. Ce comportement si juvénile émanant d'un homme qui se voulait adulte était tout simplement ridicule. Je finis par décider d'en rire.

Je repris la conversation en main et demandai à Raymond :

— Alors, où penses-tu aller en vacances, cette année ?

— En Suisse. Je vais aller y faire des randonnées pendant un mois et peut-être que finalement j'apprendrai à faire du ski.

Il nous régalait toujours de ses récits de vacances. L'année dernière, ce fut le Maroc, le Tibet et Rome les années précédentes, et puis l'Égypte aussi. L'écouter nous parler de ses projets de vacances en Suisse était une façon agréable d'attendre que nos entrées soient servies. Avery ne participa aucunement à cette conversation. D'ailleurs, il semblait complètement désintéressé.

Susan revint avec les assiettes de charcuterie et Raymond, Philip, Bob et moi-même nous en emparèrent avec gourmandise. Je l'ai remerciée et elle hocha la tête en s'éloignant de la table.

Avery se mit à hurler.

— Hé, et mon foie gras ?

— Je retourne en cuisine dès à présent. Notre chef était encore en train d'en terminer la présentation.

Elle tourna les talons avant qu'il ne puisse ajouter quoi que ce soit.

Bob lui fit signe, en désignant les assiettes de charcuterie.

— N'hésite pas à goûter cette belle assiette. Il y en a bien assez pour régaler tout le monde.

— Non, merci. Je préfère attendre.

Ses yeux étaient glués à l'endroit où Susan avait disparu. Il se mit à marmonner et but le reste de son verre.

Susan revint et déposa son plat près de son verre.

— Je vous sers un autre verre ? dit-elle en plaçant sa main autour du verre.

Avery mit sa main sur le haut du verre pour l'en empêcher.

— Si j'avais voulu un autre verre, je vous en aurais demandé un.

Il retira sa main.

— Mais, comme j'ai dû attendre une éternité pour mon hors-d'œuvre, j'ai eu loisir de finir mon verre alors oui, je veux un autre verre. Par contre, cette fois-ci, je veux une bière de spécialité.

Ses joues devinrent rouges et elle prit son verre en hochant la tête.

— Laquelle ? Nous en avons trois.

— Eh bien, dans ce cas, ça ne devrait pas être trop compliqué d'en choisir une, pas vrai ?

Il lui fit signe de dégager avec un tel mépris qu'une envie grandissante de lui mettre mon poing dans la figure monta en moi.

Je ne sais pas comment, mais nous pûmes finir d'apprécier nos entrées sans autre incident majeur de la part d'Avery. Susan débarrassa la table et nous servit d'autres verres avant l'arrivée des plats de résistance. Mon saumon rôti et servi sur une planche en cèdre sentait merveilleusement bon. J'en salivais déjà. L'escalope de veau accompagnée d'une sauce au citron et aux câpres paraissait tout aussi délicieuse.

Susan disparut à nouveau, avant de revenir avec la commande d'Avery, des côtes d'agneau grillées au romarin qui devaient être fantastiquement bonnes, ainsi que le steak et la pomme de terre au four de Raymond.

Elle manœuvra pour servir Avery en premier. Alors qu'elle avait placé l'assiette devant lui et qu'elle s'apprêtait à servir l'assiette d'accompagnement, il souleva une des côtes d'agneau, la renifla et la laissa retomber dans l'assiette.

— Cette daube est répugnante ! Vous croyez vraiment que je vais manger cette merde ? Ça pue la pâtée pour chien !

Il attrapa l'assiette et lui fourra sous le nez.

Choquée, elle fit un mouvement brusque vers l'arrière. Le plateau tenait tant bien que mal dans un équilibre précaire mais elle réussit à le stabiliser. Avery laissa son assiette retomber sur la table alors qu'elle était en train de le contourner. Il se retourna, en affichant un sourire maléfique, puis posa son pied devant elle. Il fit exprès de le positionner pour qu'elle chute.

Avant que je ne puisse comprendre ses intentions, elle était déjà par terre. Pendant sa chute, elle essaya de toutes ses forces de retenir son plateau. Des assiettes atterrirent sur la table, d'autres vinrent se casser au sol. Elle cria de douleur, car elle était tombée sur son genou.

La nourriture éclaboussa de partout et c'est Avery qui en reçut la plus grande quantité, ce qu'il avait bien mérité. Seul Philip fut épargné.

Mes collègues se mirent à rire. Ça avait commencé par un petit rire étouffé, puis avait dégénéré en fou rire bruyant et incontrôlé. J'avais l'impression de regarder une bande de jeunes crétins au lycée rigoler d'une blague cruelle qu'ils venaient d'infliger. J'aurais largement préféré rester chez moi plutôt que me retrouver ici avec eux. J'aurais largement préféré passer une soirée tranquille plutôt que d'avoir à supporter leur état d'ébriété avancé et leur comportement complètement immature.

Le raffut causé par les assiettes et les insultes proférées par Avery attirèrent l'attention des autres clients. Tout le monde se retourna, la bouche bée et les yeux écarquillés, pour regarder Susan qui était encore sur un seul genou, en train de ramasser les couverts. La fureur qui faisait briller son regard était bien justifiée, car Avery se mit à l'insulter de plus belle, en montrant sa chemise, sa veste et ses pantalons couverts de nourriture. Il se leva et la pointa du doigt.

— C'en est trop ! Je vais voir le gérant.

Il recula.

— Vous pouvez dire « adieu » à votre travail !

Avant que je ne puisse l'arrêter, il partit comme une furie et se dirigea vers le bureau du manager, en proférant des injures à pleins poumons. Susan balaya la sauce qui était venue éclabousser le côté de son visage, bredouilla quelques excuses et partit en boîtant, tout en essayant de ménager le genou sur lequel elle était tombée.

Alors qu'elle s'éloignait, j'étais persuadé de la connaître. En me levant, des souvenirs des moments passés au ranch de ma grand-mère en Pennsylvanie me revinrent à l'esprit. Susan. Son prénom et ce souvenir voltigèrent autour de moi jusqu'à ce que toutes les pièces du puzzle s'imbriquent enfin. L'image du ranch était apparue et tout était très clair à présent. Je revoyais ce tableau, où je me tenais debout, à côté de la fille du voisin, Susan Marley. Le soleil se couchait et le halo rouge doré qu'il projetait à travers ses cheveux encadrait son visage aux lignes parfaites.

Bien sûr, je n'avais que peu de souvenirs de ce genre, nous rassemblant tous les deux. La plupart d'entre eux mettaient en scène ma petite sœur, Alexandria, et Susan, en train de jouer ensemble. Elles avaient le même âge, quatre ans de moins que moi, et s'étaient bien entendues dès le début.

Deux femmes vinrent à notre table pour remettre de l'ordre.

— Où est Susan ?

Je devais absolument lui parler. Elle ne m'avait pas reconnu. Tout en me lamentant d'avoir convié Avery à cette fête, j'ai attendu que l'une des deux femmes me réponde.

Celle aux cheveux de jais, maigre comme un fil de fer, hocha la tête en direction de la cuisine.

— Elle est là-bas.

Chapitre 5

Susan

Monsieur Fritz était en train de hurler dans un mélange de mauvais anglais et d'allemand. Il arracha le plateau de mes mains et mit le tout à la poubelle.

— Je suis désolée, Herr Fritz ! Cet homme n'est autre que mon ex-compagnon. Il a fait exprès de me faire trébucher. Il n'a pas arrêté de causer des problèmes depuis son arrivée…

Till lança un bras en l'air, la paume de sa main dirigée vers mon visage.

— Non ! Trouve-toi un autre boulot. Tu es virée. Et maintenant, quitte ce restaurant. Je t'avais prévenue. Je t'avais pourtant bien dit que je ne tolèrerais aucune erreur de ta part. Je t'avais bien dit de faire attention mais, comme d'habitude, tu n'écoutes jamais rien. Tu fais toujours tout foirer.

Il se mit à gesticuler, levant les mains en l'air, frustré, puis son visage se décomposa lorsqu'il regarda par-dessus mon épaule.

L'un des hommes assis à la table venait dans sa direction. J'ai respiré profondément. *Je suis déjà foutue, qu'est-ce que cet homme pourrait contribuer, en plus de ce qu'a déjà dit Avery, pour aggraver la situation ?*

Till posa ses mains sur les hanches et dirigea son attention vers l'homme qui s'approchait.

— Qu'est-ce que vous avez à ajouter à son sujet ? Vous voulez vous aussi vous plaindre ? Je vous prie de m'excuser, Monsieur. Mon employée a déjà été réprimandée. Bien entendu, vous n'aurez rien à payer ce soir, c'est la maison qui offre.

Il se força à sourire ce qui lui conféra un air de cannibale démoniaque.

— Elle a été virée. Vous voyez, plus de problème, à présent.

J'ai commencé à pleurer, incapable de retenir mes larmes. Je les ai chassées de mes joues, pleine de colère. Ce job était tout pour moi, c'était ma bouée de secours. Ce n'est pas comme si j'avais des économies à ma disposition ; mon travail de serveuse, même avec de bons pourboires, ne me le permettait pas et je ne pouvais pas me payer le luxe de perdre mon emploi.

— Herr Fritz, je vais tout arranger, je vous le promets. J'ai besoin de ce travail.

Je me suis approchée de lui, ignorant l'autre homme à ses côtés.

Till tourna la tête dans ma direction.

— J'ai besoin de serveurs compétents, pas de bouffons maladroits.

Il baissa la tête, fronça les sourcils et me lança un regard noir, furieux.

— Prends tes affaires et pars, Susan.

L'autre homme secoua la tête et dit :

— Ce n'est pas de sa faute, j'étais assis à cette table et j'ai tout vu. C'est Avery qui est la source de toute cette histoire.

La colère est montée en moi. Son ami m'avait fait perdre mon travail et il n'avait rien fait pour l'en empêcher. Et voilà que maintenant il osait parader en se faisant passer pour un chevalier servant. Non, je ne crois pas.

— Je n'ai pas besoin et je ne veux pas de votre aide. Je vous saurai gré de bien vouloir me laisser tranquille.

Till s'interposa.

— Je suis désolé, Monsieur. Je vais tout mettre en œuvre pour me racheter.

Il me lança un autre regard noir par-dessus son épaule.

— Dégage maintenant ou je te colle un procès pour avoir harassé un client.

Il me parlait à voix basse, sans hausser le ton. Il ne me quittait pas des yeux.

D'une certaine façon, ces mots m'avaient touchée bien plus que toutes les fois où il m'avait crié dessus. Mon job, c'en était fini. J'avais été virée pour une faute qui n'était pas mienne. Et tout ça à cause de mon ex psychotique. Je me suis dirigée vers les vestiaires en gardant la tête haute. Je n'allais sûrement pas laisser le reste des employés me voir déguerpir comme un chien avec la queue entre les jambes. Mon orgueil avait été blessé mais je gardais tout de même mon honneur. J'ai retenu ma respiration pour ne pas renifler, je suis passée devant mes collègues et j'ai passé la porte pour enfin me laisser aller en m'asseyant sur le banc.

Mon pantalon avait été déchiré et cette chute m'avait causé une belle coupure, juste en dessous de mon genou. La nourriture et les sauces m'avaient tachée de la hanche jusqu'aux pieds. Autant dire que ces pantalons étaient bons pour aller à la poubelle.

J'étais en train de renifler et j'avais enfin pu apaiser mes pleurs. J'ai pris une serviette en papier du distributeur automatique, l'ai mouillée pour en imbiber un morceau avec de l'eau froide. Puis, je me suis rassise sur le banc et me suis penchée pour nettoyer ma blessure. C'était pire que ce que je ne m'imaginais mais c'était gérable. J'avais connu pire en grandissant au ranch.

La porte s'ouvrit vers l'intérieur et l'homme entra, comme si ce lieu lui appartenait. Je lui lançai un regard noir, ne désirant absolument pas qu'il s'approche de moi.

Il jeta un coup d'œil en direction de mon genou et me demanda :

— Est-ce que ça va ?

— Est-ce que j'ai l'air d'aller bien, selon vous ? J'ai été renvoyée à cause de votre ami. J'espère que vous êtes content et que cette soirée vous a plu. Après tout, n'est-ce pas génial que d'humilier votre serveuse et de la voir perdre son emploi ?

Je m'attendais à ce qu'il se mette à rigoler et à se moquer de moi mais je fus légèrement surprise de constater qu'il ne le fit pas. Au lieu de cela, l'air chagriné, il s'approcha de moi.

— Je suis vraiment désolé pour ce qui s'est passé dans cette salle. Avery est, comment dire, un peu imprévisible et un peu con quand il a bu. Je n'aurais pas dû venir avec eux ce soir.

Il s'arrêta un moment, comme s'il attendait que je lui réponde, et puis, lorsque sa phrase resta sans réponse, il continua.

— Tu ne te souviens vraiment pas de moi, Susan ?

Il se mit à sourire.

J'ai posé mon pouce sur mon badge et me suis mise à ricaner :

— C'est l'un des inconvénients de travailler en tant que serveuse. Tous les clients connaissent mon prénom, mais moi je ne connais pas les leurs.

— Tu t'appelles bien Susan Marley, n'est-ce pas ?

Son sourire s'élargit.

J'ai penché la tête sur le côté, et puis je compris ce qui avait dû se passer.

— Till vous a donné mon nom, n'est-ce pas ?

Mais ça ne paraissait pas logique. Le visage de cet homme m'était familier, c'était quelqu'un qui surgissait de mon passé. D'un lointain passé et non pas des années à l'université ou celles d'après. Il avait dû faire partie de mon cercle de connaissances, il y a bien longtemps de ça. Mais aucun souvenir ne me revint, alors j'ai secoué la tête.

— Te souviens-tu d'Alexandria Talbot ?

Il s'approcha à nouveau, plus détendu.

J'ai hoché la tête, alors que les souvenirs des moments passés auprès de ma grand-mère dans son ranch refaisaient surface.

— Oui, je me souviens très bien d'elle, mais cela fait des années que je ne lui ai pas parlé.

— C'est ma sœur. On avait l'habitude de venir passer du temps chaque année dans le ranch de ma grand-mère en Pennsylvanie et vous deux étiez quasiment inséparables.

Il prit place sur le banc et son sourire charmeur apaisa ma colère.

— Oh, mon Dieu, tu as tellement changé que je ne t'ai pas reconnu.

Je mis la serviette en papier en boule avant de la jeter à la poubelle.

— Vraiment ? À ce point ?

— Non, non. Je veux dire que tu as changé, mais il n'y a rien de péjoratif dans tout ça. Je crois que j'ai voulu dire que nous avions grandi et c'est quelque chose qui nous arrive à tous, un jour ou l'autre.

Je réussis à détacher mon regard du sien, sentant une bouffée de chaleur me monter au visage.

Il avait tellement grandi et il avait énormément gagné en muscle, ce qui lui allait très bien.

Plus je restais à côté de lui et puis ses traits ciselés et sa simplicité me paraissaient sexy.

Il avait beaucoup changé depuis que je l'avais connu enfant, un peu gauche et pourri gâté.

Chapitre 6

Nate

En parlant de grandir, Susan l'avait fait à pas de géant depuis notre dernière rencontre. Lorsque nous étions plus jeunes, j'avais toujours pensé qu'elle était timide, réservée et un peu maladroite quand elle était confrontée à une situation sociale, mais je l'avais toujours appréciée. Nous nous entendions très bien, même si elle était plus discrète que je ne l'aurais voulu. J'avais toujours pensé qu'elle serait une de ces femmes qui vivrait dans une ferme le restant de ses jours, mariée, avec plein d'enfants et vivant un peu comme une paysanne.

Je m'étais complètement planté. Puisqu'elle avait choisi de vivre à New York, elle avait dû choisir un tout autre chemin. Travailler en tant serveuse était sûrement une option temporaire avant de faire vraiment quelque chose de sa vie. Intrigué, je l'ai observée et ai hoché la tête pour lui signifier que j'étais d'accord avec elle.

Son rire était limpide et naturel. Son sourire l'illuminait toute entière et me faisait chaud au cœur. Elle s'était transformée en une jeune femme élancée aux courbes généreuses, qui retenait toute mon attention et éveillait en moi les premiers frissons d'un intérêt sexuel.

Alors que je laissais mon regard courir sur elle, j'eus loisir à penser que mon soudain engouement était sans doute une mauvaise idée, et puis je vis son genou ensanglanté. La blessure de Susan avait déclenché mon instinct protecteur. Un sentiment de colère me traversa, bouleversé à l'idée qu'Avery ait pu être à l'origine de tout ça. J'avais honte que l'un de mes employés ait pu se comporter de cette sorte, qu'il ait fait preuve d'un niveau de connerie tout à fait impardonnable. Et puis, j'avais aussi honte d'éprouver ces pensées lascives, et décidai donc de reprendre le contrôle de mes émotions et de détourner mon regard un moment.

— Susan, ton genou saigne beaucoup. Tu n'es pas en état de conduire. Laisse-moi te raccompagner, peu importe où tu as besoin de te rendre, lui proposai-je, en toute sincérité.

Elle entrouvrit les lèvres et souffla, en me faisant signe de la main :

— Oh, non. Ça va aller. Je prendrai le bus pour rentrer.

— Je peux au moins te raccompagner, c'est la moindre des choses. Après tout, Avery était l'un de mes invités et je me sens partiellement coupable. J'insiste.

Elle écarquilla les yeux, puis me fixa un moment, cherchant ses mots, comme si on ne lui avait jamais proposé de la raccompagner.

Elle prit appui sur la jambe qui n'était pas blessée afin de pouvoir porter son poids sur la hanche du même côté.

— Tu vois ? Je vais bien, je te le jure.

J'ai fait quelques pas en arrière et j'ai souri. Elle avait grandi et se montrait incroyablement courageuse et indépendante. J'aimais cette qualité chez elle, mais j'allais quand même la mettre au défi.

— D'accord, alors laisse-moi au moins te raccompagner à la porte.

Lentement, elle prit son sac, en évitant toujours de mettre du poids sur la jambe qui était blessée. Seuls ses doigts de pieds touchaient le sol. Après avoir traîné le plus longtemps possible sans que cela n'éveille mes soupçons, elle se tourna vers moi et me lança un sourire.

— Eh bien, voilà. Je pense que je suis prête, maintenant.

Je lui ai tendu la main. Lorsqu'elle fit un pas en avant en s'appuyant sur sa jambe blessée, elle sursauta quand son genou s'effondra et faillit la faire tomber. Je me suis précipité vers elle et l'ai rattrapée juste avant qu'elle ne fasse un autre pas. C'était une bonne chose que je me sois rapproché, car elle aurait chuté et aurait sûrement aggravé sa blessure au genou. Elle tomba de tout son poids dans mes bras et je la soulevai sans difficulté, la tenant tout contre moi.

— Je ne suis pas docteur, mais je dirais que quelque chose ne va pas. Je dis ça, je ne dis rien.

Elle eut un peu de mal mais elle parvint à se relever à nouveau.

— Ça ne me faisait pas aussi mal quand je suis venue ici m'asseoir tout à l'heure. Je ne m'attendais pas à ressentir de telles douleurs et qu'elles soient si aiguës. Mais ça va aller.

Je ne dis rien et je la laissai prendre sa propre décision. Elle fit un autre pas en avant, vacilla, ôta sa main de mon bras puis manqua de tomber à nouveau. Cette fois-ci, elle laissa s'échapper un cri de douleur puis souffla, surprise de souffrir autant.

Je la rattrapai au vol à nouveau. Je la pris dans mes bras, secouai la tête puis me mis à rire.

— Bon, on a essayé à ta manière, alors essayons la mienne à présent. Il n'est pas question que je te laisse grimper dans un bus dans cet état.

À mon grand étonnement, elle ne broncha pas et se laissa choir, un peu plus détendue, contre moi. Alors que nous quittions les vestiaires, elle se mit à grommeler et elle baissa la tête.

— Oh, mon Dieu, j'ai l'impression que tu me portes comme une personne handicapée. Nate, s'il te plaît, pose-moi par terre.

Elle prononça ces mots à voix basse, de façon à peine perceptible, alors que plusieurs clients se retournèrent, hébétés, pour la regarder.

Je lui murmurai à l'oreille :

— C'est presque fini. Et puis, tu ne peux pas marcher avec ta jambe pour le moment.

Même si tout cela était vrai, je dois admettre que ce n'était pas seulement pour ça que j'avais décidé de continuer à la porter. En chaque homme sommeille un chevalier blanc dont l'égo doit être caressé et nourri de temps en temps. La différence entre se comporter de façon héroïque ou véreuse n'est pas énorme, contrairement à ce que l'on pourrait penser. Oui, je sais, ça peut vous paraître choquant mais c'est comme ça. Ces deux facettes d'une personnalité veulent venir au secours de la demoiselle en détresse et au bout du compte, les deux veulent lui arracher ses vêtements et la goûter. Si on ressent de la honte pour avoir de telles pensées ou instincts, cela ne dure jamais très longtemps. On passe à autre chose rapidement, pour le meilleur ou pour le pire, c'est la nature humaine. Ces instincts primaires étaient remontés à la surface et je la serrais contre moi encore un peu plus fort.

Le sang commençait à transpercer son pantalon lorsque je suis passé rapidement devant Avery qui était assis, bouche bée, en nous regardant. Le portier fut réactif et nous ouvrit la porte. Nous nous sommes retrouvés dehors, protégés par la fraîche noirceur de la nuit et j'étais plutôt content. J'avais à tout prix envie de quitter Harvill's et depuis le début de ce dîner, je ne pensais qu'à une seule chose : planter mes collègues de travail.

Une fois arrivés à la voiture, je l'ai aidée à se remettre debout pour que je puisse ouvrir la porte et la faire glisser sur le siège passager que j'avais reculé le plus possible. J'ai pris son grand sac à main et l'ai placé sur le siège arrière. Puis, je l'ai prise par la main pour m'assurer qu'elle ne tombe pas à nouveau en essayant de monter dans le véhicule.

Toucher sa petite main toute fragile et toute douce m'excitait, tout autant que de l'avoir portée dans mes bras. Toutes ces pensées à connotation sexuelle que j'avais essayé de chasser de mon esprit m'assaillirent à nouveau dès qu'elle prit place en toute sécurité dans la voiture.

Je m'installai derrière le volant tout en essayant de gérer ces émotions confuses.

— Merci, Nate. Je suis sûre que j'aurais pu prendre le bus si j'avais attendu un peu dans les vestiaires et fait reposer un peu ma jambe, mais j'avais vraiment envie de partir. Alors, encore une fois, merci beaucoup.

Son visage se mit à rougir et ses joues étaient d'une jolie teinte de rose, baignées par la lumière du tableau de bord et des lampadaires.

— Pas de souci. Comme je te le disais, c'est la moindre des choses.

J'ai jeté un regard sur sa blessure et lui ai offert un mouchoir propre.

— Tiens, mets ça dessus jusqu'à ce que nous arrivions chez toi. Tu vas devoir t'occuper de ce genou dès que possible.

Elle prit le mouchoir et le pressa fermement contre son genou, en grimaçant.

— Oui, c'est ce que je vais faire.

Chapitre 7

Nate

J'ai pris la sortie d'autoroute et lui ai demandé :

— Et maintenant, je vais où ?

— Prends à gauche. Je suis à environ 30 minutes d'ici.

J'ai mis mon clignotant et ai attendu de pouvoir me faufiler entre les files de voitures.

— Tu sais quoi ? J'habite à 5 minutes d'ici. Pourquoi n'irions-nous pas chez moi pour nettoyer ton genou et le désinfecter. On pourrait prendre un verre et bavarder. Enfin, si tu en as envie. J'aimerais beaucoup savoir ce que tu as fait pendant toutes ces années.

J'avais prononcé ces mots sans pouvoir les arrêter et je me suis rendu compte que mon invitation n'était pas très subtilement amenée. J'ai essayé de me convaincre que je l'invitais à venir chez moi parce que je me faisais sincèrement du souci pour elle, mais je n'en étais pas si sûr.

— Je suppose que prendre un verre ne pourrait pas me faire de mal. Moi aussi je suis curieuse de savoir ce que tu es devenu depuis la dernière fois où nous nous sommes vus. J'habite encore assez loin d'ici et vu la circulation, je pense que nous en aurions probablement pour plus d'une demi-heure.

Elle souleva sa jambe pour la caler sur le siège, tout en maintenant sa main autour de son genou et en faisant pression sur sa blessure. Cette pose était des plus féminines et elle m'enchantait.

— Et, où habites-tu exactement pour te trouver à plus d'une demi-heure d'Harvill's ?

Je gardais les yeux fixés sur la circulation qui pourtant n'était pas très dense.

— Dans le quartier d'Elmont, avec ma meilleure amie. On partage un appartement avec deux chambres.

Elle redevint silencieuse et tourna la tête vers la fenêtre pour observer les voitures.

Effectivement, se rendre à Elmont prendrait au moins une demi-heure et encore, si la circulation n'était pas trop dense autour des péages. Je me suis dit qu'elle devait bien gagner sa vie pour se permettre de payer ses déplacements, de partager un grand appartement et d'avoir une voiture. Un travail de serveuse au sein d'un établissement de luxe n'était pas si mal que ça, après tout.

Elle reprit le fil de la conversation et me demanda :

— Et toi, où habites-tu ?

— J'habite dans l'Upper East Side. Cela fait quelques années maintenant. Nous sommes presque arrivés au garage.

— Waouh, ça doit coûter cher.

— Oui, plutôt, dis-je. Et mes voisins sont très snobinards, mais j'aime cette petite oasis au beau milieu de la ville.

Je me suis garé, ai éteint le moteur et me suis tourné vers elle.

— Tu es prête pour qu'on aille soigner ça ? demandai-je en désignant sa jambe.

Elle fit glisser son pied sur le plancher de la voiture et se mit à grimacer de nouveau en soulevant le mouchoir.

— Je suis désolée. Je crois bien que ce mouchoir est bon à jeter à la poubelle.

— Ce n'est pas grave, je suis content d'avoir pu te dépanner.

Je suis sorti du véhicule et en ai fait le tour pour pouvoir venir lui ouvrir la porte.

Se rendre jusqu'à l'ascenseur fut toute une histoire. Elle voulait tellement pouvoir marcher toute seule qu'elle se mit à avancer en posant son poids sur sa jambe et elle faillit tomber. Une fois de plus, j'ai couru à sa rescousse et l'ai serrée contre moi.

J'ai appuyé sur le bouton et Susan a écarquillé les yeux.

— Au penthouse ?

J'ai ravalé ma fierté et ai hoché la tête. Sa famille n'avait jamais été aussi aisée que la mienne. Cependant, ma sœur et moi ne les avions jamais traités de façon condescendante. Nous jouions ensemble, nous avions tissé des liens sans nous soucier de nos statuts financiers respectifs.

Ma grand-mère nous disait souvent que c'était adorable de notre part de convier cette fille de fermiers à nos activités quotidiennes. À l'époque, je n'avais pas prêté attention aux expressions faciales et au ton qu'elle avait employés. Et puis, en vieillissant, j'ai compris que pour elle, c'était un acte de charité, que Susan ne serait jamais une camarade adéquate, en tout cas, pour quelqu'un comme ma grand-mère.

Susan admira la grandeur de mon appartement mais elle le fit de façon contenue, sans se comporter comme une fille de fermiers de Pennsylvanie qui serait éblouie devant tant de fastes, comme l'aurait supposé ma grand-mère.

Je lui ai montré où se tenait la salle de bain et ai ouvert l'armoire à pharmacie.

— Tu as besoin que je t'aide pour le nettoyer ?

Elle détourna le regard et secoua la tête.

— Non, ça va aller. Je te remercie.

— Je vais aller nous servir un verre, je t'attends dans le salon.

Alors que je partais, je me suis retourné et l'ai surprise en train de me reluquer. Mon cœur se mit à battre plus fort et mes mains devinrent toutes moites. Ensuite, j'ai ôté ma cravate et défait les deux boutons du col de ma chemise.

Le minibar se trouvait au coin, de l'autre côté du salon, dans une niche formée par le mur et les gigantesques fenêtres. D'habitude, j'aurais mis de la musique mais mon instinct me conseilla de ne pas le faire. Si elle en déduisait que tout cela n'était qu'une stratégie minable pour l'amener à coucher avec moi, elle partirait sans doute en courant et ne m'adresserait plus jamais la parole. À ses yeux, je ne vaudrais pas grand-chose de plus qu'Avery.

Elle ne prit pas autant de temps que je ne l'avais pensé et c'était une bonne chose. Cela voulait dire qu'elle n'était pas blessée aussi sévèrement que je ne me l'imaginais. Ses cheveux flottaient au-dessus de ses épaules. Ces larges vagues ondulées encadraient parfaitement son visage et complémentaient ses yeux à merveille.

— Assieds-toi où tu veux, lui dis-je.

Je me suis occupé des boissons et me suis dirigé vers le canapé qu'elle avait choisi, puis je lui ai tendu son verre.

— Merci. Ça devrait aider à calmer et atténuer la douleur, dit-elle en se rasseyant confortablement.

— Ça te fait aussi mal que ça ?

Je me suis installé un peu plus loin sur le même canapé.

Elle se mit à glousser, puis secoua la tête.

— Non, je veux dire la douleur de perdre un travail. Je n'ai jamais été renvoyée de ma vie et je ne peux pas dire que ça soit une expérience plaisante.

— Je suis vraiment navré que tu aies perdu ton boulot à cause d'Avery ce soir. Je suis désolé de l'avoir invité. Si tu veux, je pourrais aller voir ton manager et lui expliquer ce qui s'est vraiment passé.

— Non, merci. C'est gentil de ta part mais c'est chose futile. Monsieur Fritz ne m'embaucherait jamais à nouveau. On ne s'entendait pas très bien.

Elle rangea une mèche de cheveux derrière son oreille et but une gorgée.

— Eh bien, tu connais le proverbe, « Quand une porte se ferme… », dis-je en agitant la main.

— Oui, je sais, une autre s'ouvre. Je vais donc trinquer à ça, ajouta-t-elle en inclinant son verre dans ma direction.

Nous avons trinqué et le bruit des verres s'entrechoquant accentua le manque de musique. C'était bien trop calme à mon goût, ça me rendait presque mal à l'aise.

— Alors, dis-moi, qu'as-tu fait de beau ces dernières… ces dernières années ? continuai-je en jetant un coup d'œil sur ma montre.

Elle se mit à rire. C'était délicieusement musical. J'avais oublié combien elle était authentique. De ce côté-là, elle n'avait changé en rien. Fasciné, je l'ai écoutée me parler de sa carrière universitaire, ce qui était totalement atypique pour moi. Elle soutenait mon regard et faisait battre mon cœur, je pouvais sentir mon sang bouillonner. La façon dont elle parlait et bougeait, son maniérisme en général, trahissait à quel point elle était magnifique, mais d'une façon ravissante, surtout qu'elle n'en avait aucune idée et qu'elle ne soupçonnait pas à quel point sa beauté pouvait avoir de l'effet sur les autres.

Quelle voie avait-elle poursuivie à la fac ? Eh bien, selon elle, elle s'était intéressée à beaucoup de choses, mais son premier amour restait la photographie. Ça ne me surprit aucunement. Petite, elle avait l'habitude de se balader avec plusieurs appareils photo en bandoulière et prenait en photo tout ce qui lui passait sous la main : des chevaux, des vaches, des chats sauvages, des fleurs, des arbres, peu importe.

Lorsqu'elle parlait de ses photos, elle souriait et ses yeux s'illuminaient. Elle paraissait totalement passionnée par le sujet. Je l'enviais de pouvoir ressentir une telle passion ; ou peut-être étais-je jaloux de sa *capacité* à vivre dans ce monde de brutes et de rester passionnée.

Et puis, elle se mit à parler d'événements plus récents. Elle finit par me parler d'Avery. Ils avaient été ensemble pendant presque un an. Elle avait vécu avec lui pendant trois mois et décrivit cette expérience comme une catastrophe sans fin. Ils se disputaient de plus en plus violemment et il l'avait sommée de partir, alors qu'il savait qu'elle n'avait aucun endroit pour aller se réfugier. Elle s'était donc installée avec sa meilleure amie et avait trouvé ce travail de serveuse chez Harvill's, mais Avery revenait à la charge et la harcelait régulièrement.

Bien que la colère montait en moi, je fis en sorte de la retenir et n'offris aucune opinion. Je me contentais simplement de l'écouter. J'étais sûr de ne pas pouvoir dissimuler ma surprise, mais elle ne m'en toucha pas un mot. Je n'aurais jamais misé sur Avery pour être le partenaire romantique de Susan. Elle n'était pas du tout son type. Elle n'avait aucune des « qualités » qu'il recherchait dans une compagne : soumise, superficielle et un peu mauvais genre.

Pendant toute la durée où ils avaient été en couple, il n'avait jamais parlé d'elle au bureau. Cependant, il n'avait pas hésité à parler des autres femmes avec qui il avait couché, mais encore une fois, n'avait jamais mentionné le nom de Susan. Pensant que cela ne serait pas constructif, j'ai gardé cette information pour moi tandis que je sentais l'orage gronder en moi.

Après avoir rompu avec Avery, elle s'était replongée dans la photographie et prenait son hobby beaucoup plus au sérieux. Elle avait même commencé un site web pour promouvoir son business et pour pouvoir sauvegarder un portfolio digital de ses photos. J'ai tout de suite pensé que c'était une excellente idée, étant donné que, de nos jours, tout se fait sur Internet.

Elle posa son verre sur le dessous de verre et se mit à rire.

— Je dois admettre que je suis complètement dépassée par ce site web et mon plan de développement. Je voulais prendre un cours pour m'aider à gérer tout ça mais, avec mon travail au restaurant, je n'ai jamais réussi à trouver le temps nécessaire.

Elle haussa les épaules et sourit à nouveau.

— Et maintenant, j'aurai bien le temps mais, hélas, je n'en aurai plus les moyens. Elle se mit à rire encore une fois et secoua la tête. Enfin, assez avec tout ça. Parle-moi de toi et de ta vie.

Elle prit ses cheveux et les fit cascader par-dessus une épaule. De longues mèches d'un brun doré qui tombaient jusqu'à sa taille me rappelaient ces longues journées d'été, le ciel bleu et l'air pur. Un désir sourd nouait ma poitrine et j'essayais de le tasser, ne comprenant pas pourquoi j'éprouvais cette envie.

J'avais la bouche un peu sèche et je me suis levé pour aller nous servir un autre verre.

— Tu sais, la photo, c'est un rêve merveilleux. Si ma mémoire ne me fait pas défaut, tu avais l'habitude de prendre des photos de tout et elles étaient plutôt réussies.

— Merci. Oui, c'est vrai. J'aimerais être un peu plus sélective dans mes sujets mais, au fond, je continue toujours de tout prendre en photo, y compris les choses les plus banales. En fin de compte, je suis toujours la petite fille gauche et timide qui regarde le monde à travers son objectif.

— Ce n'est pas si mal, non ?

Je lui tendis un autre verre. Elle haussa les épaules.

— Non, je suppose que non. Ça me rend heureuse plus que tout. Avery disait que c'était un rêve stupide et que cela ne me mènerait qu'à perdre de l'argent.

Je me suis assis.

— Eh bien, Avery n'est pas en position de juger les rêves des autres, leurs préférences ou ce qu'ils n'aiment pas.

Je me suis arrêté de parler et ai fermé la bouche avant de pouvoir parler des choix qu'il avait pu faire en termes de compagnie féminine. Elle se sentirait probablement insultée et blessée alors, au lieu de tout lui dire, j'ai bu une longue gorgée de ma boisson alcoolisée.

Elle souriait et pencha la tête sur le côté, en m'observant sous différents angles. Était-ce la photographe en elle ? Voyait-elle en moi un possible modèle ? Ou me regardait-elle depuis sa propre perspective, celle de Susan ? J'espérais que ça soit le cas.

Puis, elle dit, doucement :

— Allez, vas-y, raconte-moi tout. Je veux des détails. Comment as-tu pu en arriver là ? dit-elle en montrant mon appartement.

J'ai détaillé avec joie mon parcours, car cela me permettait de penser à autre chose. J'étais fier de ce que j'avais pu accomplir tout seul. Ma grand-mère avait beau être la personne la plus riche de tout le pays, rien ne m'était tombé cuit dans le bec. J'avais gagné mon statut et ma fortune en travaillant très dur.

Mais je ne me suis pas attardé trop longtemps sur mes accomplissements. Je n'aimais pas trop me vanter.

— Alexandria est fiancée à un docteur. Elle vit dans le quartier de Tribeca avec son fiancé, le docteur Romie Alsace.

— Je suis persuadée que tes parents sont contents pour vous deux. Vous avez vraiment fait quelque chose de vos vies.

Elle finit son verre et son sourire traîna un peu plus longtemps que le précédent.

— Mon père est décédé il y a quelques années.

Le visage de Susan devint tout rouge et elle écarquilla grand les yeux. Je me dépêchai de poursuivre.

— Ce fut un décès brutal. Il était monté en voiture pour quitter son bureau et lorsque Gerald, son chauffeur, a ouvert la porte, il s'est écroulé. Une rupture d'anévrisme. Son médecin traitant nous a assurés que sa mort avait été fulgurante et qu'il n'avait rien senti. On est soulagés que ça se soit passé ainsi.

Cependant, j'étais encore très affecté par son décès et je n'aimais pas en parler.

Nous avons partagé un dernier verre en parlant de notre enfance et des jours heureux passés, sans le poids des responsabilités ou des soucis. Une autre heure s'était écoulée avant que nous ne nous en rendions compte.

Susan jeta un œil sur sa montre, puis se leva et s'étira.

— Merci pour cette merveilleuse soirée. J'ai vraiment adoré rattraper le temps perdu en ta compagnie.

Elle commença à se diriger vers la porte, boîtant fortement sur une jambe, et je me doutais bien que les boissons alcoolisées n'avaient pas aidé son équilibre.

— Tu sais, tu n'es obligée de partir. Tu as bu et il est une heure de matin. Je suis sûr que tu es aussi fatiguée que moi. Tu pourrais rester dans la chambre d'ami ? Cela ne me dérange pas du tout, et puis, elle est déjà toute prête.

Je lui tendis le bras et lui désignai l'escalier qui menait au premier étage, là où se trouvaient toutes les chambres à coucher.

Après avoir un peu hésité, elle finit par accepter mon invitation. Alors que je lui faisais visiter la chambre, je n'arrivais pas à croire qu'elle allait dormir chez moi, même si c'était dans un autre lit et dans une autre chambre. Je n'arrivais pas à me débarrasser de cette vision que j'avais d'elle, en train d'ôter ses vêtements et de se faufiler sous les couvertures.

Une fois installée, je lui ai souhaité de passer une bonne nuit et me suis rapidement dirigé vers ma chambre. Il fallait que je me vide l'esprit et que je parvienne à démêler tous ces sentiments confus si je voulais pouvoir dormir un peu.

Le lit était confortable, la chambre sombre et silencieuse, mais je ne pus trouver le sommeil qu'après 4 heures du matin. Une rencontre fortuite avec une vieille amie d'enfance avait fait remonter en moi tout un océan de souvenirs et de sentiments. Certains d'entre eux étaient agréables, d'autres moins.

En tout cas, j'étais vraiment content qu'elle soit en train de dormir à l'autre bout du couloir. Une sensation de paix intérieure et de contentement vint me réchauffer la poitrine alors que je me laissais emporter par le néant et la sérénité du sommeil.

Chapitre 8

Susan

Me réveiller dans une chambre étrangère me déboussola quelques instants. Et puis, après une minute ou deux, les souvenirs de la soirée précédente me revinrent à l'esprit et je lâchai un soupir de soulagement. Je soulevai les couvertures et je m'assis sur le bord du lit.

La douleur de mon genou se raviva et le souvenir de mon licenciement refit également surface. Ces réalisations assombrirent notablement mes pensées. Sans revenu fixe, j'allais me retrouver dans de sérieux problèmes financiers.

Je connaissais la règle d'or qui consistait à disposer d'assez d'économies pour couvrir, au minimum, trois mois de factures et de dépenses courantes. Cependant, je me demandais combien de personnes étaient capables de mettre de côté de telles sommes d'argent. Je crois que la réponse à cette question est, « pas beaucoup ».

Malheureusement, je faisais partie de ce groupe. J'avais très peu d'économies. Peut-être assez pour survivre un mois. Quatre semaines, c'est plutôt court pour retrouver du travail et recommencer à toucher un salaire.

Anna pourrait, sans aucun doute, se charger de payer les factures et les courses pour m'aider. Et elle le ferait sans se plaindre, mais je ne pouvais pas la laisser tout assumer. Depuis toute petite, on m'avait appris à ne dépendre que de moi-même.

Je me sentais déjà assez coupable d'avoir dû m'installer avec elle parce que je ne savais pas où aller après avoir rompu avec Avery. Je ne tolèrerais pas qu'elle doive encore s'occuper de moi.

Au pire des cas, je pourrais retourner à la maison. Dans cette ferme en Pennsylvanie dont je voulais pourtant m'éloigner à tout prix. Mes parents n'étaient pas méchants avec moi, ils ne me négligeaient pas, ils ne me maltraitaient pas. C'est juste que je voulais faire quelque chose de ma vie, que j'avais de grands projets. Alors, dès que j'avais pu le faire, j'étais partie vivre à New York avec un seul rêve en tête : devenir une célèbre photographe.

Si seulement j'avais pu comprendre ce que voulaient dire les gens quand ils me disaient que la vraie vie d'un artiste ne ressemblait en rien à celle projetée dans les versions romantiques à la télé ou dans les magazines. Alors, j'aurais peut-être réfléchi un peu plus. Ou, en tout cas, j'aurais passé plus de temps à m'organiser avant de prendre le taureau par les cornes et de me rendre compte que la route serait longue et ardue avant de devenir riche et célèbre.

La chambre d'ami de Nate faisait la moitié de mon appartement. Le lit était ridiculement grand, encore plus large qu'un California King, et la vue sur la cité, avec de gigantesques fenêtres qui allaient du sol au plafond, me faisait sentir toute petite. D'ailleurs, pour être honnête, je me sentais un peu complexée.

Après avoir fait le tour de la chambre, je me suis aventurée dans la salle de bain qui ressemblait plus à un spa : elle était équipée d'une double vasque, d'une douche en pierre naturelle assez grande pour y garer une voiture dotée de trois pommes de douches au plafond et de quatre autres sur les murs, installées à des angles et des hauteurs différentes. Il y avait aussi un jacuzzi et une baignoire assez large pour accommoder six personnes. Je dois avouer que j'éprouvais un peu de jalousie.

Pourquoi certaines personnes semblaient toujours avoir Madame Chance à leurs côtés alors que le reste d'entre nous devaient se contenter de rêver et d'espérer un jour être riches sans pourtant jamais y arriver ? Oui, le monstre vert de la jalousie essayait bien de prendre le dessus, mais je parlais de Nate. Mon ami d'enfance. Un homme qui avait essayé de me défendre alors que tout le monde se moquait de moi ou me criait dessus. Non, j'étais sincèrement heureuse pour lui, de voir qu'il avait réussi sa vie.

Même si je pensais que c'est moi qui aurais dû vivre dans cet appartement penthouse, j'étais contente qu'il ait pu réaliser son rêve. Il était un peu plus âgé que moi, alors j'ai consolé mon égo meurtri en me disant que moi aussi, je pourrais atteindre les buts que je m'étais fixés, et que je devais m'accrocher et ne pas perdre mon rêve de vue.

Arrête de chouiner, ma belle. Il est grand temps que tu grandisses et que tu te comportes comme une personne adulte, pensai-je en fixant le reflet que le miroir au-dessus du lavabo me renvoyait.

Après une douche rapide, j'ai bandé mon genou et je suis sortie pour aller retrouver Nate. Je ne l'avais pas entendu, mais je pensais que c'était parce que l'appartement était tellement grand.

J'ai frappé à la porte de sa chambre et je l'ai appelé. Pas de réponse. Je ne savais pas si je devais l'appeler à nouveau, alors j'ai frappé une nouvelle fois. Un peu plus fort cette fois-ci, mais pas trop non plus. Je ne voulais pas le réveiller, au cas où il serait encore endormi. La veille, nous avions bu un peu plus que je ne l'aurais pensé et je me disais qu'il était peut-être encore en train de se reposer.

Il ne répondit pas. J'ai frappé une dernière fois. Puis, je me suis dirigée vers la rampe des escaliers, je me suis penchée et j'ai écouté un moment, à l'affut du moindre bruit. Rien en bas non plus. J'ai entrouvert la porte de sa chambre et j'ai jeté un coup d'œil à l'intérieur. Le soleil du matin illuminait la pièce et avait chassé toute la pénombre. Le lit était fait, on n'aurait même pas dit qu'il avait couché ici.

Je suis retournée vers les escaliers, car je me suis souvenue des canapés ultra confortables dans son salon et de la pièce qu'il appelait sa « cellule de crise ».

Nate s'était transformé en un homme doté d'une personnalité magnétique, d'un physique, d'une intelligence et d'une fortune que la plupart d'entre nous n'auraient jamais. Les femmes le désiraient et les hommes rêvaient d'être comme lui, sans aucun doute. Je n'avais pas besoin de le suivre pour en être convaincue.

Il ressemblait à un dieu grec avec son physique musclé, sa peau bronzée, ses yeux et sa chevelure sombres, sans parler de ses gestes pleins d'assurance. Quelle femme ne roucoulerait pas devant lui ? Je me disais aussi qu'il devait susciter pas mal de jalousie au sein de la gent masculine.

J'avais pensé que je pourrais ignorer les papillons qui dansaient dans mon estomac et l'envie de me perdre dans ses yeux. Encore une fois, je m'étais trompée. Dès l'instant où il m'avait prise dans ses bras, j'avais été prise au piège.

Son respect des femmes avait notablement attiré mon attention. En tant que serveuse, ce n'était pas quelque chose que je voyais souvent. La plupart du temps, j'étais invisible, transparente, *l'aide de service.* Il m'avait même présenté des excuses pour la façon exécrable dont Avery m'avait traitée et je voyais bien qu'il était totalement sincère. On peut voir quand quelqu'un est honnête et lui l'était. Ça avait touché une corde sensible.

Et, même si je pensais avoir fait du bon boulot et mis mes sentiments de côté, surtout après la débâcle causée par Avery, je me trompais à nouveau. Je commençais à noter une certaine thématique dans ma vie.

En haut des marches, je me suis arrêtée à nouveau pour écouter ce qui se passait dans l'appartement. Je crus détecter un léger mouvement qui venait de quelque part entre la cuisine et le salon. J'en ai déduit que le bruit émanait de la salle de bain. Les sons avaient tendance à résonner à cause du plan d'étage ouvert. En tout cas, j'avais décidé qu'il devait se trouver en bas, quelque part, autre part que dans le salon.

Après avoir descendu la moitié des escaliers, je pouvais voir l'ensemble du salon et je pus m'apercevoir qu'il était vide. Alors que je m'apprêtais à passer la dernière marche, le bruit d'un tiroir en métal attira mon attention vers la droite. Ça venait sans aucun doute de son bureau ou de sa « cellule de crise », comme il l'avait surnommé.

Avant d'avancer plus, je pris le temps de défroisser un peu mes vêtements, de passer mes cheveux par-dessus les épaules et d'arborer mon plus beau sourire, pensant me trouver nez à nez avec Nate. Par le passé, je ne l'avais jamais considéré autrement qu'un ami, mais il était devenu super sexy et en plus, il était célibataire. Je savais bien que je n'étais pas à la hauteur, mais ça ne m'empêcherait pas de vouloir faire bonne impression. Et, possiblement, faire en sorte que cette bonne impression soit indélébile.

Avant d'entrer dans la pièce, je regardai la déchirure au niveau du genou sur mon pantalon. J'aurais vraiment aimé avoir eu avec moi des affaires de rechange. Et puis, quand j'ai franchi le seuil de la porte, j'ai lancé un petit cri et failli tomber en arrière. La personne qui se trouvait là n'était pas Nate, mais alors, pas du tout !

L'autre femme écarquilla les yeux, elle aussi. Elle ouvrit la bouche, surprise, puis posa la main sur sa poitrine. Ses cheveux sombres et courts, grisonnant au niveau des tempes, encadraient un visage qu'il me semblait reconnaître. Une fois le choc passé, j'ai reculé pour pouvoir commencer à m'excuser, mais avant que je ne puisse prononcer le moindre mot, mon cerveau s'était remis en marche et j'avais pu identifier cette femme d'un certain âge.

Elle n'était autre que Madelaine Talbot. La mère de Nate. Elle avait changé de coiffure et avait vieilli depuis que nous nous étions vues pour la dernière fois. Je lui souris, me sentant un peu plus détendue car je la connaissais, et attendis qu'elle me reconnaisse. En tout cas, elle aurait dû le faire, étant donné la façon dont elle me dévisageait.

Mais au lieu de sourire, sa bouche se crispa, ses yeux s'assombrirent, devinrent d'une teinte vert plus foncé et ses mains se posèrent sur ses hanches. Elle avait l'air d'une personne qui vient tout juste de réaliser que son plus beau tapis est recouvert de merde de chien.

Je mis fin à ce silence inconfortable pensant qu'après avoir parlé, elle me reconnaîtrait enfin.

— Madame Talbot ?

Elle souffla et prit un air encore plus dégoûté. Elle leva sa main parfaitement manucurée.

— Eh bien, tu as l'air un peu moins débile que les crétines qu'il a l'habitude de ramener à la maison.

Elle fit un pas en avant, très sûre d'elle. Son regard me transperçait l'âme, comme si elle pouvait lire en moi.

— Mais, souviens-toi que tu n'es là que pour réchauffer ses draps, alors je te conseille de déguerpir avant qu'il ne soit revenu.

Elle tourna les talons et revint à son large bureau, calant ses fesses contre le rebord et croisant ses bras sur son ventre.

— Mais, Madame Talbot… lançai-je en m'avançant, désireuse de lui expliquer que les seuls draps que j'avais réchauffés étaient ceux de la chambre d'ami.

— Ne perds pas ton temps ni le mien, en essayant d'attirer une opinion favorable. Mon fils a obtenu ce qu'il voulait de toi et peu importe ce que tu feras, tu n'arriveras jamais à lui soutirer un seul centime. Prends tes affaires… dit-elle, désignant mon pantalon troué. À moins que ça ne soit tout ce que tu possèdes et dans ce cas, je peux comprendre qu'il ait eu pitié de toi et qu'il t'ait ramenée ici. Mais, vois-tu, son absence aurait dû te faire comprendre que tu n'as rien à faire ici. Il a eu ce qu'il voulait et c'est terminé.

Elle me fusilla du regard et pointa son doigt en direction de la porte.

— Dégage ou j'appelle la police, et je leur dirai que tu n'as rien à faire ici.

Furieuse devant cette attitude grandiloquente, je me suis précipitée vers les escaliers. Je les ai dégringolés, mon sac sur le dos. J'avais le plus grand mal à me retenir tandis que Madame Talbot sortait du bureau, un petit sourire en coin. Je l'ai fixée brièvement et ai refusé de lui dire quoi que ce soit. Après tout, libre à elle de penser ce qu'elle voulait. On dirait bien que cette vieille bique arrogante ne changerait jamais.

Je boitais un peu à cause de mon genou et j'ai fait tout mon possible pour ne pas montrer que j'avais mal, en tout cas, pas avant d'avoir franchi la porte.

— N'aie pas l'air si renfrognée, cela va t'amocher avant l'heure. Il vaut mieux que tu comprennes que des femmes ordinaires comme toi n'ont rien à faire ici.

Elle eut le culot de ricaner et de me faire un petit signe de la main alors que j'ouvrais la porte pour quitter l'appartement.

Ça ne me causerait aucun souci de n'avoir jamais à la revoir. Quand j'étais jeune, je savais très bien ce qu'elle pensait de moi. À ses yeux, je n'étais qu'une pauvre fille de ferme, ordinaire. J'étais une sorte de dépaysement pour eux : c'était marrant de pouvoir jouer avec moi, mais je ne serais jamais à la hauteur pour ses enfants. Elle m'avait rencontrée plusieurs fois mais sans jamais vraiment me voir. D'ailleurs, le fait qu'elle ne m'ait pas reconnue me réconfortait dans cette pensée.

Alors, j'ai traîné mon pauvre moi, une fille de la campagne des plus ordinaires, hors de son superbe appartement penthouse et je me suis jurée de ne plus jamais y retourner. D'ailleurs, je ferai tout mon possible pour éviter de recroiser son fils. Je devais prendre de sérieuses décisions si je voulais faire de mon rêve une réalité.

Et si un jour je devenais une photographe riche et célèbre, changerait-elle d'avis sur moi ? Si un jour nous nous rencontrions dans une galerie d'art, reconnaîtrait-elle cette fille qu'elle avait chassée de l'appartement de son fils ? J'en doutais fortement.

Je me suis mise à penser, misérablement, qu'elle avait peut-être raison. Que je ne faisais pas partie de son monde, le monde des personnes riches, puissantes et influentes. Peut-être que ma quête du Graal ne toucherait jamais à sa fin.

En tout cas, peu importe ce qui allait advenir, il fallait que j'essaye. Je devais m'accrocher à ce rêve de photographe. Rien que de penser qu'un jour je pourrais tout abandonner me rendait malade. Au milieu de ce monde sans pitié et sans le réconfort que m'apportait mon appareil photo, j'allais me faner et disparaître complètement. J'avais laissé tout ce qui m'était familier et j'étais venue au seul endroit où je pensais pouvoir me réaliser et à présent, tout semblait indiquer que je n'étais vouée qu'à une vie de servitude.

Si je ne me reprenais pas en main, la dépression m'entraînerait avec elle. Je retournerais à la ferme, la queue entre les jambes et la tête baissée. L'attitude condescendante de cette femme me mettait hors de moi et je m'en voulais de ne pas lui avoir tenu tête.

J'avais juste pu grimacer en peu en passant devant elle. *Susan, tu es tout simplement pathétique,* pensai-je.

Je vis l'arrêt d'autobus et je rejoignis les personnes regroupées autour. La seule chose qu'il me restait à faire était de rentrer chez moi, de me rafraîchir un peu et de partir à la recherche d'un nouveau travail. Je n'avais pas besoin de me préoccuper de Nate et de raviver notre amitié, surtout si sa mère allait nous rendre la vie impossible. C'était comme ça et puis c'est tout.

J'ai grimpé à bord de l'autobus et l'ai laissé, lui et sa petite existence dorée.

Chapitre 9

Nate

Vivifié par ma course du matin, je suis retourné chez moi avec l'idée de préparer un petit-déjeuner pour Susan avant qu'elle ne rentre chez elle. J'avais besoin de lui parler davantage, de la connaître mieux, maintenant qu'elle était adulte. Ces petites palpitations que je ressentais lorsque je me trouvais près d'elle étaient une nouvelle expérience pour moi.

De toutes les femmes que j'avais ramenées chez moi pour y passer la nuit, aucune d'entre elles n'avait provoqué ce sentiment. Pas une seule. Même pas Lauren, avec qui je sortais depuis un mois. Je n'avais pas l'impression de manquer d'oxygène lorsque j'étais privée d'elle. Par contre, c'est ce que je ressentais aux côtés de Susan. Je ne voulais pas qu'elle parte sans qu'elle me donne ses coordonnées et qu'elle me permette de l'appeler très bientôt.

Par contre, je ne m'attendais pas du tout à trouver ma mère chez moi. Elle avait encore une fois trouvé le moyen de s'introduire dans mon appartement. Avais-je déjà mentionné combien elle était envahissante ? C'était un rapport de force continu entre elle et moi. Elle était déterminée à prendre toutes les décisions pour moi alors que moi, je comptais bien gagner mon indépendance. Je l'aimais et la respectais, mais un homme a vraiment besoin de poser des limites avec sa mère.

C'est ce que j'avais fait. À plusieurs reprises, d'ailleurs.

Elle m'accueillit, assise dans le grand fauteuil rembourré du salon.

— Alors, mon chéri, tu as bien couru ?

Son sourire était un peu tendu. Elle avait quelque chose en tête, comme d'habitude.

J'ai regardé en direction de la chambre d'ami à l'étage. J'ai remarqué que la porte était ouverte et que la lumière était éteinte.

— Oui, maman. Qu'est-ce qui t'amène ici de si bonne heure et t'incite à entrer chez moi pendant que je m'absente, encore une fois ?

Je suis passé devant elle et je me suis penché pour voir ce qui se passait dans les autres pièces à l'étage, mais tout était calme et sombre. Susan n'était plus là. J'espérais qu'elle soit partie avant que ma mère n'arrive.

— Si tu cherches ta petite traînée, elle est partie il y a un moment, toute vexée.

Elle se mit à ricaner.

— Je me dois de te le faire remarquer, Nate, ton goût pour les femmes est de plus en plus douteux et c'en est même insultant. Celle-là ne portait même pas de vêtements décents ni de maquillage. Horrible.

Elle gesticulait de façon théâtrale, comme si elle était en train d'exécuter un tour de magie.

— Maman, tu as fait quoi ?

J'étais rempli de colère et je me suis planté devant elle.

— Ce que tu aurais dû faire, mon chéri. Je l'ai répudiée et lui ai fait comprendre où se tenait sa place dans ce monde.

Son regard d'acier se durcit.

— Tu n'as pas le droit d'être ici et encore moins de dire quoi que ce soit à mon invitée.

Je soutenais son regard froid.

— C'est chez moi, ici, et j'inviterai qui bon me semble. Cela ne te regarde pas, continuai-je.

— Cela me regarde quand tu ramènes ici des filles de joie. Mais que crois-tu ? Que tes actions et décisions n'affectent que toi ? Que vont penser les gens de moi, en tant que mère, lorsqu'ils te voient batifoler avec des filles sans intérêt et qui n'ont absolument aucun pédigrée ? Tu penses peut-être que ça ne *m'*affecte pas ?

— Cette fille n'est pas une prostituée. La fille que tu as congédiée si méchamment n'est autre que Susan Marley. Tu te souviens d'elle ? La fille de William et Diane, en Pennsylvanie ?

L'air indigné, elle secoua la tête.

— Alors, c'est encore pire que ce que je pensais. Une *fille de la ferme ?* Tu n'es pas sérieux, Nate ! Je me fiche bien de savoir qui elle est, elle n'a rien à faire ici. D'ailleurs, aucune de ces filles que tu appelais tes « petites copines » ne méritaient d'être ici. Tu dois aborder le monde d'une autre façon que la majorité des hommes. Tu es déjà très riche, mais tu vas hériter d'un *empire.*

Elle se leva.

— Je vois très bien où tu veux en venir, mais Susan n'est pas comme ça. Elle n'a jamais été comme ça.

Je fis quelques pas en arrière, posai mes mains sur le côté et me laissai choir sur le canapé.

Elle rejeta sa tête vers l'arrière et me fit cadeau de son plus beau rire sarcastique.

— Mon chéri, elles sont *toutes* comme ça ! On dirait des chiennes affamées, la bave aux lèvres, prêtes à te dévorer une bonne côte de bœuf. Tu es trop têtu pour t'en rendre compte. Elles ne sont venues vers toi que pour ton argent et Susan, ta petite campagnarde, n'est pas différente des autres.

Elle vint me rejoindre sur le canapé et s'assit sur le rebord, délicatement, avant de se tourner vers moi.

Je peinais vraiment à refréner ma colère. Je voulais lui hurler dessus mais c'était ma mère, pour le meilleur et pour le pire, et c'était la femme qui m'avait donné la vie. Cette vie, pour être plus précis. Je devais la chérir et la respecter. Je me suis frotté le visage et ai lâché un soupir fatigué.

— D'accord, Maman. Changeons de sujet, veux-tu ? Pourquoi es-tu ici ? Je suis sûr que ça n'était pas pour renvoyer mon invitée avant que je ne revienne de mon footing.

Je lui ai lancé un petit sourire crispé, celui que j'avais appris d'elle.

— Oh, non. Ça, c'était juste la cerise sur le gâteau. Elle tapota mon genou. Je suis venue pour te parler de Constance Van Hoyt. Cette fille est parfaite pour toi, Nate. Je sais que tu détestes quand je me mêle de ta vie sentimentale, mais je ne crois pas pouvoir appeler ce que tu fais mener une « vie sentimentale ». Il est grand temps que tu écoutes ta mère et que tu grandisses un peu, avant qu'il ne soit trop tard. Tu as besoin d'une compagne qui te correspond et Constance est la fille idéale. Oui, elle est plus que parfaite, je crois.

Je ne détectais plus cet air glacé dans sa voix ni sur son visage.

— Non, Maman. Je ne suis pas intéressé. Quand comprendras-tu que je n'ai pas besoin que tu choisisses mes amis ou mes petites amies ?

J'ai quitté le canapé brusquement et me suis dirigé vers la cuisine pour y prendre une bouteille d'eau.

— Me dit mon fils qui ramène une campagnarde à la maison pour se divertir, dit-elle en pouffant et en roulant des yeux de façon grandiloquente.

— Te dit ton fils qui en a plus que marre que tu viennes faire défiler des femmes riches, pourries gâtées et matérialistes devant mon nez, comme si elles étaient des bêtes de ferme à vendre au plus offrant.

Je me suis appuyé contre l'évier et me suis mis à boire de l'eau.

Elle vint me rejoindre dans la cuisine, fit glisser ses doigts sur l'îlot de cuisine et inspecta ses mains pour voir s'il y avait de la poussière ou des traces de graisse.

— Au moins, le ménage est correctement fait.

Elle se tourna vers moi, puis alla vérifier l'état du four.

— Tu sais, grâce au service de nettoyage que *j'ai* recommandé. Et cet appartement penthouse, c'est un autre conseil que je t'ai donné, si je ne me trompe pas.

Elle me fit face à nouveau.

— Te souviens-tu, quand tu avais 15 ans et que tu avais demandé mon avis sur quelle fille amener à ton bal de promotion ? Je t'avais dit d'inviter Elaina DeVors. Et je me souviens que vous êtes sortis longtemps ensemble et que vous sembliez être heureux.

— Arrête, ça suffit. Tu veux en venir où, Maman ?

Exaspéré, j'ai vidé le reste de ma bouteille d'eau dans l'évier et je voulais vraiment qu'elle parte pour que je puisse enfin reprendre le cours de ma journée.

— Ce que je veux te dire c'est que je ne t'ai *jamais* mal conseillé. Parfois, tu ne veux pas entendre mon opinion et tu fais tout pour défier mes décisions, mais si tu y réfléchis bien, tu ne peux pas dire que j'ai fait ou dit quelque chose qui t'a été défavorable. Tu as pu avancer dans ta vie. Je ne prends à cœur que tes meilleurs intérêts, Nate.

— J'ai compris. Mais il faut que je pose des limites et je ne peux pas te laisser choisir une *compagne* pour moi. Et si je voulais rester célibataire ? Et si je n'étais pas prêt pour rencontrer Madame Parfaite au pédigrée impeccable et me marier avec elle ?

Ma mère avait toujours eu le chic pour que je me sente comme un gosse capricieux, ce qui me mettait encore plus en colère.

Une moue sur le visage et en me faisant signe de la main, elle retourna au salon.

— Peu importe, maintenant. J'ai déjà tout arrangé pour que vous dîniez ensemble la semaine prochaine. Chez moi, à 18 heures, vendredi prochain.

Elle s'empara de son sac à main et se dirigea vers la porte d'entrée. Je me suis dépêché de la rattraper.

— Attends une minute. Tu ne t'es même pas demandé si j'avais déjà quelque chose de prévu pour vendredi soir prochain ? Ça ne t'a pas traversé l'esprit ?

Elle se mit à rire, me tapota la joue et secoua la tête.

— Non. Mais peu importe. Si tu as rencard avec ta fermière, annule-le. Ce dîner aura lieu, que tu le veuilles ou non. Quand tu rencontreras Constance, tu seras d'accord avec moi. Ses parents seront également présents, alors, habille-toi convenablement, s'il te plaît.

— Non, je ne le ferai pas...

Elle sortit et me claqua la porte au nez, affichant cet insupportable sourire du genre « J'ai encore gagné », celui que je haïssais tant. Je suis sorti pour lui crier dessus, mais je n'entendis que le cliquetis de ses talons hauts car elle avait déjà disparu. Je n'ai pas voulu courir après elle pour la supplier de m'écouter et lui donner des excuses pour ne pas avoir à me rendre à ce dîner.

Je suis rentré chez moi, bouillonnant de colère. J'ai claqué la porte violemment et suis parti me doucher.

De toute façon, ça ne servirait à rien de vouloir la contredire. Je devais me résoudre à rencontrer cette fille. Ensuite, je dirais à ma chère Mère que Constance ne m'intéressait pas.

J'étais convaincu que si une personne était capable de diriger le monde à elle toute seule, c'était bien ma mère.

Chapitre 10

Susan

Trois semaines s'étaient écoulées et j'avais désespérément besoin d'argent. J'étais presque venue à bout de mes économies et j'avais peur d'avoir à retourner en Pennsylvanie dans quelques semaines. J'avais bien posé des candidatures pour des boulots de serveuse, mais j'avais surtout travaillé sur mes projets de photographie.

Et puis, alors que je pensais échouer misérablement, le journal local m'avait passé un coup de fil pour un entretien. Madame Willits est la personne qui prit en charge cet entretien et m'expliqua les détails du projet. Le photographe qu'elle avait tenté d'embaucher s'était défilé à la dernière minute et l'avait laissée dans le plus grand embarras.

Je sais que ce n'est pas bien de le dire, mais j'étais ravie qu'elle se trouve avec la corde au cou, car j'avais vraiment besoin de décrocher ce contrat. Il me fallait de l'argent au plus vite. Le gala de charité était prévu pour le mardi d'après. Je pourrais encore tenir une semaine mais pas plus.

Elle avait épluché mon portfolio pendant tellement de temps que je m'étais demandé si elle allait m'embaucher ou me chasser de son bureau en riant. J'avais les mains moites, mes ongles griffaient mes mains et pourtant, j'essayais de rester calme et composée. Mon estomac était noué à un tel point que j'avais du mal à respirer. J'étais en train de miser sur le début de ma carrière. Si je ne décrochais pas ce boulot…

Et puis, finalement, après ce qui m'avait paru durer des siècles, elle avait ôté ses lunettes et les avait placées sur mon portfolio en me souriant.

— Mademoiselle Marley, votre portfolio est impressionnant.

Elle avait fait glisser la clé USB contenant mon portfolio digital entre son pouce et ses doigts.

— Comme je vous l'ai dit, ce gala est organisé en l'honneur des enfants handicapés de notre région. Les dons recueillis seront reversés à l'hôpital pédiatrique. Je compte sur vous pour tout donner et vous devrez être présente au moins deux heures avant le début de cet événement. Je veux des photos des enfants, de leurs sponsors, des invités et surtout des gros donateurs…

Sa voix s'était perdue dans mon oreille, noyée sous le bruit de ma petite voix intérieure qui hurlait de joie et jubilait à l'idée d'avoir enfin percé dans mon travail et d'avoir fait avancer ma carrière de photographe. Mais je m'étais reprise et m'étais appliquée à l'écouter attentivement, terrifiée à l'idée que je puisse oublier un détail important.

À la fin de notre entretien, j'avais signé tous les documents nécessaires, récupéré mon portfolio et pris avec moi les documents qu'elle avait agrafés. Heureusement, ces derniers contenaient tous les détails du gala. Je lui avais serré la main de nombreuses fois, trop, sûrement, et avais dû faire un effort pour ne pas quitter son bureau en courant. Ce n'est qu'une fois dehors que je pus enfin me défouler en criant un bon coup et en levant le bras au ciel. Un passant m'évita de justesse et dut se dire que j'étais folle, mais je m'en fichais totalement. J'affichais un sourire banane tout le long du chemin de retour vers mon appartement.

Anna était tout aussi excitée que moi. Elle m'avait aidée à me préparer en examinant mon portfolio et en choisissant les photos qu'elle jugeait être les meilleures pour que je puisse m'en inspirer pour le gala. Faisant confiance à son sens de l'esthétique, je l'ai écoutée et j'ai étudié les photos qu'elle avait sélectionnées.

La préparation pour ce projet me consumait. Cependant, je gardais la tête froide et c'est pour cette raison que je m'étais rendue à un autre entretien d'embauche dans un petit restaurant de quartier. J'avais bien conscience que je ne deviendrais pas riche et célèbre au terme de cette première mission. J'avais besoin d'un salaire régulier.

Je devais abandonner cette vie utopique le temps d'aller à cet entretien d'embauche dans ce petit restaurant. Cette réalité était sûre d'assombrir tes perspectives. La sueur et la crasse, ingrédients de la vie quotidienne pour ceux qui se trouvent en bas de l'échelle, recouvrent tes pensées comme de la graisse, épaisse et étouffante, dont on n'arrive jamais à totalement se débarrasser. Tu as beau frotter et nettoyer, tu trouveras toujours des traces dans une fissure, un pli ou une crevasse.

Je n'ai pas accepté la position tout de suite et le gérant m'a laissé une journée entière pour y réfléchir avant qu'il ne propose le travail à quelqu'un d'autre. Il appréciait mon CV mais moi, je n'aimais ni les heures ni le salaire qu'il me proposait. Et pourtant, je ne dis rien. Au pire des cas, si je ne trouvais rien d'autre et si personne ne me rappelait d'ici là, j'accepterais son offre.

Le lendemain, je pus décrocher deux autres entretiens d'embauche dans des restaurants qui se trouvaient un peu plus loin en ville, dans des quartiers plus chics. Comme ils n'auraient lieu qu'après le gala de charité, je décidai de ne pas rappeler le petit restaurant. Je me suis replongée dans mon travail, en mode maniaque, et j'ai chargé mon équipement dans mes sacs en vérifiant une centaine de fois que je n'oubliais rien.

Le grand jour arriva et j'étais debout bien avant l'aube. Comme je n'arrivais pas à me rendormir, j'ai allumé la télé et l'ai regardée un moment, sans trop prêter attention à ce qui était diffusé, puis je pris tout mon temps pour me préparer.

Comme on me l'avait demandé, je suis arrivée sur les lieux bien en avance et j'ai passé mon temps à prendre des centaines de photos des enfants, de leurs sponsors et des autres invités. Même si Madame Willits m'avait donné une liste précise des plus gros donateurs, je ne connaissais pas l'identité de certains d'entre eux.

Au lieu de stresser, je me suis mise à prendre des photos de tout le monde. Plusieurs photos, d'ailleurs, alors qu'ils défilaient comme si le monde tournait autour d'eux, se sentant extrêmement importants. Peu d'entre eux faisaient preuve d'une sincère affection ou se faisaient un réel souci pour les enfants qui étaient là avec leurs sponsors. Dans des galas comme celui-ci, l'important était de voir et d'être vus.

Après avoir passé près de deux heures à prendre des clichés, je me suis octroyé une petite pause, étant donné que ça s'était un peu calmé. Le gala allait véritablement débuter dans moins d'une heure. D'autres invités fouleraient ce tapis rouge, souriraient pour la photo et ils se montreraient à la fois gentils et préoccupés. Les personnes riches étaient très douées et professionnelles pour cela. Je ne m'en plaignais pas, car cela me facilitait le travail et je n'aurais, en théorie, pas dû être dérangée par leur hypocrisie.

Mais leur attitude m'indisposait et j'avais besoin de faire un break avant que cette foule de bons samaritains ne déferle à nouveau. Je réussis à trouver une petite fontaine, paisible, avec des bancs et des arbustes qui me permettaient de me cacher un peu. Je m'assis, une bouteille d'eau à la main et j'observai le ciel.

— Susan ?

La voix familière de Nate me surprit et m'interrompit dans mon observation du ciel et des oiseaux. J'ai tourné la tête en direction de sa voix et je l'ai vu, habillé sans chichis avec un polo et des pantalons décontractés. Pas de costume ni de cravate ou de veste pour lui.

Il repoussa ses lunettes de soleil sur son crâne et me lança un sourire du tonnerre.

— Salut, Susan. Tu es ici pour le gala de charité ?

Il se fraya un chemin parmi les arbustes et vint me rejoindre sur le banc, comme si nous étions les meilleurs amis du monde.

— Oui, j'ai été embauchée par le journal pour couvrir cet événement, lui dis-je tout en tapotant mon sac de matériel qui était posé sur le banc, à côté de moi.

— C'est une super bonne nouvelle. Tu commences à décoller et ta carrière prend forme. Je te l'avais bien dit, « Lorsqu'une porte se ferme… »

Puis il se mit à rire.

J'admirais son fort profil, baignant dans la lumière du jour. Sa peau parfaite était complimentée par un bronzage naturel et je me demandais comment il arrivait à ce résultat, lui qui était un homme d'affaires qui se trouvait enfermé dans son bureau toute la journée.

— C'est juste un projet comme ça. Je ne peux pas dire que mon activité de photographe constitue l'essentiel de ma carrière, mais je suis contente de pouvoir travailler aujourd'hui.

— Je suis sûr que c'est le début d'une belle et longue carrière pour toi, Susan.

Il se décala un peu sur le banc et fixa l'herbe sous ses pieds un moment.

— Écoute, je voulais vraiment te présenter des excuses pour l'attitude qu'a pu avoir ma mère envers toi l'autre jour. La façon dont elle s'est comportée est juste inacceptable et je le lui ai dit. Elle continue encore de se mêler de mes affaires personnelles.

— Ne t'inquiète pas, vraiment, ce n'est pas grave.

Mais je mentais. Elle m'avait rendue furieuse, m'avait humiliée. Je m'étais sentie sale et sans valeur, mais je n'étais pas sur le point de le lui avouer.

— Non, c'est grave, justement. Je suis vraiment désolée qu'elle t'ait agressée de cette façon.

J'ai hoché la tête.

— Merci. Tu sais, elle essaye simplement de te protéger.

Il se mit à souffler, puis roula des yeux.

— Elle essaye encore de me présenter à une fille riche et avec un pédigrée. Elle pense que les filles fortunées me correspondent parce qu'ayant déjà de l'argent, elles n'essayeraient pas d'être avec moi pour m'escroquer.

Il se pencha ver moi.

— Ce qu'elle ne sait pas, c'est à quel point elles sont ennuyantes et incroyablement superficielles, dit-il d'un ton conspiratoire. Les pédigrées, c'est pour les animaux, pas pour un futur mari ou femme.

Je ne pus résister. Je me mis à rire et dis :

— Ouaf, ouaf ! Fais attention, tu pourrais vraiment décrocher le gros lot et épouser une vraie chienne !

Je rigolais de ma propre blague. Une fois que je pus contrôler mon fou rire, il me regarda et me répondit, d'un ton grave :

— Tu n'as pas idée combien tu as raison. Si je laisse ma mère me présenter à ces filles, je vais terminer mes jours avec une femme arrogante, prétentieuse et qui veut tout contrôler, comme ma mère. Il faut que ça s'arrête ! Je dois trouver un moyen de l'en empêcher et de me laisser choisir ma propre compagne.

Personne ne se marierait avec moi pour me voler mon argent, ça, c'est certain. Je suppose que les problèmes que rencontrent les personnes riches sont bien différents des miens, mais ça ne veut pas dire qu'ils sont moins importants. Si mes parents avaient pu me choisir un mari, j'aurais fini aux côtés d'un fermier du coin et je n'aurais jamais eu l'opportunité de faire des études universitaires.

— Tu ne peux pas lui dire que tu ne souhaites pas rencontrer ces filles ?

— Oui, je pourrais, si ça ne me dérangeait pas d'avoir à l'entendre me sermonner à longueur de journée et qu'elle me dise que je fous ma vie en l'air parce que je refuse de l'écouter. Elle m'appellerait, m'enverrait des textos, se pointerait à l'improviste chez moi, au boulot et je ne sais où encore juste pour me prouver que je prends des risques et que je mets en jeu la fortune dont j'allais un jour hériter. Elle n'arrête pas de se plaindre que je vis comme je le veux et que je n'ai aucun égard pour ma famille.

— Je comprends, ça doit être difficile.

Si cette femme était capable de me mettre dans une rage folle en l'espace de quelques secondes, j'avais du mal à imaginer ce que cela pourrait donner si elle était ma mère.

— Sans compter que je mourrais d'ennui avec une de ces filles qu'elle fait défiler devant moi comme si c'était une tête de bétail à une vente aux enchères ! Je n'aurais d'autre choix que d'écouter leurs interminables histoires sur leurs coiffeurs, femmes de ménage ou encore chauffeurs. Tout tourne autour d'elles. Ça n'a vraiment rien d'excitant. Tu crois que l'une d'entre elles voudrait aller skier en Suisse, faire du saut à l'élastique ou encore passer une journée près d'un lac ? Mais bien sûr que non ! Elles n'accepteraient jamais de s'éloigner de leur connexion Wifi ou de leurs assistants.

Il se mit à rire.

— Elles ne risqueraient pas d'abîmer leurs manucures ou encore leurs brushings parfaits, ajoutai-je, avant de me mettre à rigoler, moi aussi.

Il hocha la tête, riant encore, et dit :

— C'est exactement ça. Toi, au moins, tu me comprends.

Nos regards se croisèrent et le silence s'installa entre nous un moment. Mon cœur se mit à battre un peu plus fort. Le fait qu'il soit tout près de moi m'affectait beaucoup plus que je ne l'aurais pensé. Il y avait comme quelque chose de magnétique en lui, je n'arrivais pas à me détacher de lui ni à me concentrer sur autre chose que lui.

Je ne sais pas pourquoi, mais une partie de moi pensait qu'il devait ressentir la même chose. Lui aussi se trouva comme paralysé pendant plusieurs secondes. Et puis, tout à coup, il détourna le regard et inspira profondément. Cela me donna l'occasion de faire de même de mon côté.

Je me suis souvenue que je n'avais vraiment pas besoin de toutes les complications inhérentes à une relation avec Nate. J'ai donc reposé mes sacs en bandoulière sur mon épaule en vitesse et me suis levée.

— Ça m'a fait plaisir de te revoir mais je dois vraiment y aller. Je dois encore tout installer avant que tout le monde converge dans la salle pour le repas.

Je lui ai tendu la main pour serrer la sienne, amicalement, mais sans montrer trop d'affection. Je préférais une bonne poignée de main à une embrassade, qui pour moi signifiait un geste plus intime. Même si c'est ce que je désirais, secrètement.

Il regarda ma main et la prit dans la sienne, en souriant un peu de travers.

— D'accord. Mais je suis là pour ce gala et je dois moi aussi me rendre dans la salle, alors laisse-moi t'accompagner.

Il tenait toujours ma main, légèrement. Un petit picotement se fit sentir dans ma main et remonta jusqu'à mon poignet. Son toucher me faisait de l'effet. Voulait-il vraiment passer du temps avec moi ? M'appréciait-il à ce point ? C'était difficile à dire, mais je ne voulais pas passer pour la petite campagnarde rougissante, alors je me suis contentée de hocher la tête.

— Bien sûr, bonne idée. Merci.

Je ne pouvais pas refuser son offre et je pouvais sentir mes joues devenir toutes rouges.

Alors que nous nous approchions de l'entrée principale, il s'arrêta brusquement et marmonna :

— Et merde !

J'ai jeté un coup d'œil aux alentours et j'ai compris tout de suite pourquoi il avait réagi de la sorte. Sa mère. J'eus la même réaction que lui. Je voulais disparaître, le laisser là pour continuer mon chemin et rejoindre mon poste, mais il posa sa main sur mon bras pour m'en empêcher.

— Attends, ça ne prendra que deux secondes. Je te le promets.

Il me lança un clin d'œil.

— Nate, mon chéri, dit-elle en criant, comme pour annoncer sa présence.

Elle s'approcha de lui pour une petite accolade tout en me faisant les gros yeux.

— Je suis contente que tu aies pu te libérer et te joindre à nous aujourd'hui.

Elle me dévisageait l'air dégoûté, comme si je dérangeais.

— À quelle table es-tu installé ? Peut-être pourrais-je me joindre à toi, dit-elle, arborant un énorme sourire hypocrite tout en me fusillant du regard.

— Je ne suis pas certain de rester, Maman. Je vais devoir prendre congé d'ici quelques minutes. Tu me connais, je suis super débordé.

Il lui retourna le même sourire, puis se pencha pour me prendre par le poignet et m'attira tout contre lui. Madelaine plissa son visage, complètement répugnée, et recula en fermant ses mains devant elle.

— Maman, je te présente Susan Marley, ma petite amie.

Il se tourna vers moi en bloquant légèrement ma vue sur Madelaine.

— Susan, voici ma mère, Madelaine.

Il écarquilla les yeux, hocha la tête et me lança un autre clin d'œil.

Je compris tout de suite son petit jeu et je remplaçai mon air choqué pour sourire gentiment à Madelaine. Bon, d'accord, pas autant que je n'aurais pu le faire. Je lui ai tendu la main.

— Enchantée, Madelaine. J'espère avoir l'occasion de bientôt vous revoir. Nate m'a tellement parlé de vous.

J'ai fait exprès de lui parler avec un accent du terroir, juste pour l'agacer.

Elle toucha à peine ma main et m'effleura du bout des doigts. Elle hocha la tête, n'arrivant pas à se débarrasser de cette expression choquée.

— Oui, murmura-t-elle en retirant sa main, comme si je l'avais brûlée.

Elle tordait ses doigts et ne cessait de nous dévisager, Nate et moi. J'ai tout de suite pris la main de Nate dans la mienne et nos doigts se sont enlacés. J'ai posé ma tête sur son épaule.

— Mon poussin, j'espère ne pas être malpolie, mais je dois absolument aller préparer mon matériel, dis-je en secouant le sac qui était sur mon épaule.

Nate dit au revoir à sa mère et nous grimpâmes les marches. Je lui souris de plus belle et lui fis signe de la main, par-dessus mon épaule.

Une fois dans la salle, alors que je guidais Nate à l'endroit où j'allais déballer mon matériel, il explosa de rire.

— Mon poussin ? demanda-t-il, incapable de se contenir.

J'ai haussé les épaules.

— On dirait qu'elle a une dent contre les gens ordinaires comme moi. C'était ma manière passive agressive de lui rendre la monnaie de sa pièce et de la faire payer pour la façon dont elle s'est comportée avec moi l'autre jour. Désolée.

— Non, non. C'était juste phénoménal. Ça va lui pourrir la vie pendant des heures. Peut-être même quittera-t-elle le gala.

Il se racla la gorge.

— Susan, je… je viens juste d'avoir une idée complètement folle. Que penserais-tu de jouer ma petite copine un peu plus longtemps ? Je veux dire, l'alchimie est là, ta capacité d'improvisation est au top… enfin, jusqu'à ce que ma mère arrête de m'enquiquiner avec toutes ces bêtises et ses tentatives de me faire épouser quelqu'un qu'elle juge parfaite pour moi.

J'étais sous le choc et je l'ai regardé, bouche bée. J'ai secoué la tête, lentement.

— Je ne crois pas que ça soit une bonne idée.

Je n'ai pas besoin de tout ce cirque, je n'ai pas besoin de toutes ces complications. Je répétais ce mantra dans ma tête, encore et encore.

— Allez, s'il te plaît, Susan. Je te paierai chaque semaine et crois-moi, je ferai en sorte de bien te rémunérer. Et puis je t'aiderai avec ton entreprise de photographie, je t'aiderai à la mettre sur pied et à lancer ton business.

— Je ne sais pas, Nate.

J'hésitais énormément. Que se passerait-il si la situation se retournait contre moi ? Sa mère pourrait réduire ma réputation en cendres dans toute la ville. Elle avait le pouvoir, l'argent et les relations nécessaires. Je pourrais alors dire adieu à ma carrière de photographe.

Il prit mes mains dans les siennes.

— Je te promets que ça en vaudra la peine. Je peux même te brancher sur des shootings professionnels. Je connais des gens qui bossent pour des magazines. Je ne peux pas leur vendre ton travail, mais je peux au moins faire en sorte que les rédacteurs-en-chef jettent un œil sur ton portfolio. Cela t'éviterait d'attendre de longs mois avant de pouvoir décrocher un rendez-vous avec l'un d'entre eux. S'il te plaît, tu me rendrais un tel service.

Nate savait comment persuader une femme, c'était certain et je m'en aperçus dès qu'il mentionna les magazines. Et puis, un salaire hebdomadaire serait le bienvenu. Sa proposition était avantageuse. Je n'aurais pas à servir des plats dans un bouiboui médiocre où le gérant me hurlerait dessus et où les clients m'en feraient voir de toutes les couleurs.

Il me serra les mains et dit :

— Alors, qu'est-ce que tu en dis ? Je te paierai 800 dollars par semaine et je t'apporterai toute l'aide possible dans le domaine de ta carrière photo.

Il se mit à tapoter l'appareil photo qui était accroché à mon cou.

Étais-je venue m'installer à New York pour rester dans l'ombre et peiner à gagner deux sous en tant que serveuse le restant de mes jours ? Non, absolument pas !

— Et puis, après tout, pourquoi pas ? Il est grand temps de prendre des risques ! D'accord, je vais t'aider.

Il me serra dans ses bras.

— Merci ! Tu vas voir, ça va être génial !

Sa mère quitta le gala, mais Nate décida de rester et il me regarda travailler, trouvant sans cesse une nouvelle raison de venir me voir pour parler avec moi quelques minutes. Ça ne me dérangeait pas. La journée passait plus vite de cette façon.

Ensuite, nous nous rendîmes dans un petit café pour discuter de notre plan.

Lorsque nous eûmes fini de parler, il me serra la main.

— Merci d'avoir accepté de m'aider. Je sais que ça peut te paraître bizarre. Mercredi soir prochain, nous sortirons ensemble, en tenue chic et d'ici là, je te donnerai une liste de règles à suivre pour que nous puissions être les plus efficaces possible.

J'ai hoché la tête à nouveau, en rigolant. J'avais hoché la tête de nombreuses fois pendant notre conversation.

— Comme des consignes avant d'aller au combat, c'est ça ?

Je mis ma main sur la bouche pour étouffer mon rire.

Il sourit, lui aussi, en se frottant le menton.

— C'est plutôt futé de le voir comme ça.

Chapitre 11

Susan

Lorsque mercredi soir arriva, j'étais une vraie boule de nerfs. Cela faisait une éternité que je n'étais pas officiellement sortie avec un homme. Anna me rassurait et me disait que j'étais magnifique, mais j'avais plutôt l'impression de ressembler à Bambi dans mes chaussures à talons hauts et je trouvais la robe un peu plus serrée que par le passé. Ma carrière de serveuse m'avait fait prendre quelques kilos, autant sur le haut que dans les jambes, et je me sentais mal à l'aise dans ce vêtement gris foncé qui me moulait.

Anna me donna une tape sur la main alors que j'essayais de cacher mon décolleté.

— Arrête, Susan ! Ne sois pas aussi prude. Ce n'est pas comme si tu te baladais les seins à l'air, c'est juste un petit décolleté.

Puis elle me donna une claque sur les fesses avant de poursuivre.

— Si tu dois tirer et cacher quelque chose, c'est bien là. Regarde-moi ces fesses rebondies !

Elle se tenait l'estomac et se pencha pour rigoler. Je lui lançai mon pinceau de maquillage.

— Ce n'est pas drôle du tout !

J'ai inspecté mes fesses dans le miroir. La robe était serrée mais elle n'était pas de mauvais goût. J'avais vu bien pire parmi les femmes qui venaient dîner chez Harvill's, mais cela m'agaçait d'avoir pris du poids et que ma robe soit moulante.

Anna était assise sur le canapé et, en plissant des lèvres, elle me demanda en soufflant :

— Tu ne vas toujours pas me dire avec qui tu sors ?

— Non, je ne peux pas t'en dire plus pour le moment. Tu sais comment ça marche, non ? Je ne veux pas t'en dire trop au cas où ça ne déboucherait sur rien. Je vais sortir ce soir et m'amuser, pour une fois dans ma vie.

Je suis ensuite retournée devant le miroir pour dompter quelques mèches rebelles avec des barrettes, en espérant qu'elle ne s'aperçoive pas que j'étais en train de lui mentir.

Comment diable pourrais-je lui expliquer ce que Nate et moi avions manigancé ? Elle me prendrait sûrement pour une folle furieuse.

— En tout cas, j'espère que ce n'est pas Avery. Je te préviens. Si c'était lui, tu me le dirais ?

Elle se leva et se dirigea vers moi, les mains sur ses hanches.

— Oui, Maman, ne t'inquiète pas. Si ça avait été le cas, je te l'aurais dit, mais ce n'est pas Avery. Loin de là. Cet homme, du peu que je connaisse de lui, est tout le contraire d'Avery.

J'ai appliqué un peu de baume à lèvres et ai fait claquer mes lèvres en lui souriant innocemment devant le miroir.

— Eh bien, si Monsieur BCBG a les mains baladeuses, tire-toi !

Elle sourit, puis s'éloigna en me donnant une autre petite tape sur les fesses.

— Allez, va le séduire, ma belle !

Elle imita un félin en formant des griffes avec ses doigts et en feulant comme un chat.

— Anna, tu es complètement déjantée.

J'ai ri alors qu'elle regagnait sa chambre, me trouvant de nouveau seule avec mes nerfs.

Maintenant qu'elle n'était plus là, je pourrais me concentrer à nouveau. Je n'avais jamais été une très bonne menteuse, cependant je maîtrisais parfaitement l'art de détester.

Mon petit sac en mains, j'ai quitté l'appartement. En descendant les escaliers, j'ai croisé plusieurs locataires qui s'arrêtèrent tous pour me dévisager, à la fois surpris et choqués. Cela faisait longtemps que personne ne m'avait vue sur mon 31 et les gens qui habitaient dans cet immeuble ne m'avaient vue qu'en tenue de travail ou en jeans, lorsque je sortais prendre des photos.

Au lieu de booster mon assurance, en les voyant m'observer je me suis sentie encore plus nerveuse et me suis dit que j'aurais dû choisir de porter une autre robe.

Dehors, mon Blablacar m'attendait. C'était une toute petite voiture et dès que je pris place à l'intérieur, je l'ai regretté tant elle était basse. Ma robe était remontée sur ma cuisse alors que j'essayais de m'installer du mieux que je pouvais. Le conducteur, qui cessa de sourire dès que j'eus repositionné ma robe, me demanda de confirmer l'adresse du restaurant Maples, ce que je fis. Je lui demandai de me déposer sur le côté plutôt que devant l'entrée. Nate m'attendait devant, sous un lampadaire. Lorsqu'il me vit, il vint me rejoindre. J'étais dans la rue avant qu'il ne puisse voir ma cuisse nue que j'étais sûre d'exhiber à nouveau en m'extirpant de cette voiture.

— Tu es magnifique.

Il me tendit le bras pour que je puisse le prendre.

— Merci. Tu n'es pas mal non plus, mon Poussin.

Je lui souris.

— Il va falloir faire en sorte de prononcer ce surnom autant que possible.

Un homme qui semblait avoir un manche à balai enfoncé dans le derrière nous mena à notre table et nous donna les menus. D'une voix monotone et robotique, il récita les spécialités de la maison et je me demandai combien de temps il avait passé à étudier cette liste pour être capable de la connaître dans son intégralité. Il y en avait tellement qu'à sa place, j'aurais dû avoir une liste écrite sous la main ou bien j'aurais été incapable de réciter tous les plats.

Il nous a saoulés un bon moment, les mains derrière le dos, nous dévisageant tour à tour, moi et Nate, avec un sourire hypocrite collé sur les lèvres. Puis, enfin, il prit la commande de nos boissons et le choix de Nate se porta sur une bouteille très coûteuse. Ça n'était pas la plus chère mais en tout cas, si c'est moi qui avais payé l'addition, elle n'aurait pas figuré sur ma commande.

Après qu'on nous ait servi notre vin et que nous ayons passé commande, Nate me sourit.

— Tu te débrouilles très bien pour notre premier rendez-vous. Je ne pense pas que tu auras beaucoup de mal à suivre les règles.

Il sortit une feuille de papier de sa poche intérieure et la déplia.

— Alors, voici ce que j'ai concocté. Tout d'abord, j'ai décidé de te payer un peu plus. Je te verserai mille dollars par semaine parce que nous allons beaucoup nous voir et que ça va prendre beaucoup de ton temps.

Il me tendit le bout de papier. J'examinai sa liste à puces, très professionnellement rédigée. Je sifflai tout bas.

— Waouh ! Il faut que je me souvienne de beaucoup de choses afin de pouvoir ruser et duper ta mère, Nate.

J'ai levé les sourcils et l'ai regardé, pour être sûre qu'il ne plaisantait pas.

— Tout cela est nécessaire, je te le jure. Ma mère est une femme futée. Elle nous démasquera au moindre faux pas.

— Donc, être vus en public régulièrement, ça veut dire quoi ? On va mettre en place un planning pour sortir et se balader en ville, main dans la main ?

Je ne pus résister et me mis à rire.

— Il faut qu'on donne l'impression d'être un vrai couple. Où que je me rende, il faudra que tu m'accompagnes trois jours par semaine.

Ce n'est pas si terrible que ça, crois-moi. J'ai des billets pour l'opéra, les musées, des galas de charité, des fêtes privées et même des petites vacances. J'ai déjà tout programmé. Et, il faut absolument que tu restes plusieurs nuits chez moi chaque mois. D'ici peu, il est possible que ça soit deux ou trois fois par semaine, ajouta-t-il en tapotant la feuille.

Un frisson parcourut mon ventre. Je l'ai regardé. Le fait de passer plusieurs nuits par semaine chez lui pouvait-il faire en sorte qu'une relation tout autre que professionnelle voit le jour ? Ou bien tout cela n'était-il qu'un plan élaboré pour qu'il couche avec moi ? Pourtant, je ne décelais aucune hypocrisie chez lui, ni dans son regard, ni dans ses gestes. Son plan paraissait plutôt limpide et sans détour.

J'ai respiré profondément, puis j'ai replié le papier et l'ai placé dans mon sac à main. Nous avions déjà évoqué les grandes lignes. Les entrées arrivèrent et nous ne nous remîmes à parler que lorsque le serveur disparut à nouveau.

— Tout ça, c'est pour la forme, n'est-ce pas ?

Mais je n'avais pas tellement d'appétit, d'ailleurs, la nourriture ne m'intéressait pas du tout. Nate, qui attaquait déjà les viandes, les fromages et les moutardes, hocha la tête.

— Oui, évidemment.

Il leva le regard, remarqua l'expression sur mon visage et s'arrêta, faisant tomber un bout de fromage dans son assiette.

— Bien sûr que oui, Susan. Il n'y a rien de criminel dans ce que nous faisons. D'ailleurs, ce n'est pas comme si tu allais devoir coucher dans ma chambre. La chambre d'ami sera la tienne, naturellement.

— Et si ta mère surgit à l'improviste ? On va devoir lui donner une bonne excuse. Une histoire qui tienne la route et qui soit la même pour toi et pour moi, expliquant pourquoi je dors dans la chambre d'ami alors que je suis censée passer la nuit avec toi.

J'ai froncé un sourcil et ai croisé mes mains sur les genoux.

— Il faudra juste qu'on évite qu'elle aille fouiner dans la chambre d'ami.

Il me lança un regard perçant.

— Tu laisseras tes vêtements de rechange, ton maquillage et tout le reste dans ma chambre et ma salle de bain. Comme ça, on pensera que tu dors avec moi. Je suis sûr que ça fera l'affaire si elle vient nous rendre visite.

Il hocha la tête pour me faire comprendre que la question venait d'être réglée.

Je n'arrivais pas à manger ; ni la viande ni le fromage. Je parvenais tout juste à boire un peu d'eau. Si je devais passer la plupart de mon temps à être aperçue en public avec lui et puis passer des nuits entières chez lui, cela me laisserait peu de temps pour travailler sur mon site web, à moins que nous étudiions cela ensemble le soir.

Je n'étais pas certaine de pouvoir aborder ce point sans paraître ingrate mais je finis par lui demander :

— On pourra bosser sur ton ordi ou est-ce que je dois apporter le mien ?

— Tu peux apporter le tien si tu veux mais, tu sais, j'ai déjà commencé à travailler sur ton affaire de photographie.

Il sourit et pencha sa tête légèrement vers la gauche.

— Je t'ai fait un site web et je pense que tu vas aimer.

Mon cœur se mit à battre très fort dans ma poitrine.

— Vraiment ? Déjà ? Merci beaucoup.

Je ne voulais pas le gêner en le couvrant de compliments mais je n'arrivais pas à m'arrêter.

— C'est un projet sur lequel je travaille depuis des lustres et toi, tu arrives à tout faire en une seule journée ? Je n'arrive pas à te croire.

Je pensais qu'il n'était pas sérieux.

Le plat principal fut servi et j'étais encore moins emballée par la nourriture qu'avant, cependant, c'était pour une raison totalement différente. Cependant, étant donné que j'avais boudé les entrées, je me suis dit que je devais faire un effort et faire honneur au poulet parmesan.

D'habitude, les épices italiennes et la texture onctueuse de la sauce m'auraient fait saliver, mais je ne pensais qu'à une seule chose : est-ce que Nate avait réellement mis en place un site web professionnel et attractif ?

— Ça aide d'avoir les bonnes ressources et le bon équipement. Et puis, je ne l'ai pas fait en une seule journée, je ne peux pas m'en attribuer tout le crédit. Même quand je plaisante, je n'arrive pas à te mentir.

Il me soutint du regard et une fois de plus, l'intensité et la chaleur qui se dégageaient de son regard me faisaient prendre feu.

— J'ai commencé à travailler sur ce projet depuis que cette soirée chez Harvill's. Je savais que je voulais t'aider et te mettre sur la bonne voie. J'ai développé ton site web et j'ai mis à jour tes pages ainsi que ton panneau de gestion.

J'en restai bouche bée.

— Oh, mon Dieu, Nate ! Merci, merci ! C'est génial ! Sans compter que c'est sûrement le geste le plus gentil que quelqu'un m'ait fait depuis que je suis arrivée à New York.

Je sentais les larmes qui commençaient à me monter aux yeux et à brûler. J'ai respiré profondément, pour essayer de les refouler. J'ai détourné le regard et j'ai fermé la bouche, rongée par ce sentiment de culpabilité au sujet de sa proposition. S'il avait déjà travaillé sur mon site web bien avant de penser à ce plan pour duper sa mère en lui faisant croire que j'étais sa compagne, alors il n'avait aucune arrière-pensée ni l'intention de me mener jusqu'à son lit.

— De rien. D'ici quelques jours, je serai prêt pour te le présenter et que tu me dises ce que tu en penses. Ensuite, je peaufinerai la présentation et la conception jusqu'à ce que ça te convienne parfaitement. Tu devrais réfléchir à un logo. Il faut absolument que ton activité ait une marque, qu'elle soit reconnaissable. Cherche quelque chose de pérenne, il faut éviter de penser à quelque chose de fantaisiste et de vouloir le changer d'ici un an ou deux. Pour réussir à implanter une marque, il faut faire preuve de consistance.

Il souligna l'importance de cette dernière phrase en faisant tapoter légèrement sa fourchette contre son assiette.

D'innombrables idées vinrent bombarder mon esprit et je n'arrivais pas à me concentrer sur le dîner. Le reste de notre rendez-vous passa à toute allure et avant même que je m'en rende compte, Nate était déjà en train de me raccompagner à la porte.

Il appela un taxi et le paya. Il me souhaita de passer une bonne nuit et nous nous quittâmes.

Pendant le trajet retour en taxi, j'ai passé en revue notre soi-disant rendez-vous. J'avais beaucoup aimé. J'avais plus ri pendant ces deux dernières heures qu'au cours des deux dernières années. En tout cas, certainement beaucoup plus que lorsque j'étais en compagnie d'Avery. J'étais bouleversée par les encouragements de Nate. Il semblait sincèrement croire en mes capacités de pouvoir gagner ma vie en tant que photographe, et ce, en recevant simplement un peu d'aide qu'il était de toute façon disposé à m'offrir. Dire que j'étais en train de marcher sur mon petit nuage lorsque j'ai quitté le taxi aurait été un doux euphémisme.

Chapitre 12

Susan

Après avoir commencé à simuler une relation avec Nate, je m'étais mise à travailler encore plus dur qu'avant. Je pétais le feu et j'avais retrouvé de l'assurance.

Et puis, je passais de merveilleux moments en compagnie de Nate. Les sorties en plein jour étaient de loin les plus difficiles à gérer. Au début, l'idée de pouvoir continuer cette mascarade devant les paparazzis, qui avaient pour habitude de le suivre partout, me terrifiait. J'étais super stressée et je profitais de mes soirées au calme pour me détendre les nerfs. Tous ces objectifs pointés sur nous me dérangeaient et souvent, le soir, lorsque j'essayais de trouver le sommeil, j'en arrivais à sursauter dans mon lit.

Nos rendez-vous nocturnes étaient plus faciles, à moins que nous n'ayons décidé de nous rendre à Broadway pour une comédie musicale, de l'opéra ou une soirée à laquelle je n'aurais jamais rêvé pouvoir me rendre un jour. Les photographes étaient très souvent entassées sur les trottoirs et prenaient des photos des personnalités présentes. Et puis, une fois à l'intérieur, ses amis et ses connaissances venaient nous voir, en affichant des sourires crispés et méfiants. Plus d'une fois, je les ai entendus commenter sur notre relation et, alors qu'ils s'éloignaient, dire que je ne resterais pas longtemps avec lui.

Le plus facile était lorsque je restais chez lui. On avait pris l'habitude de commencer la soirée dans le salon ou dans la cuisine, où nous cuisinions parfois, produisant un foutoir incroyable avant même d'avoir fini. Aucun de nous deux n'était très doué pour la cuisine et nous nous mettions à rire comme des ados.

Certains soirs, nous prenions un verre dans le salon et nous nous mettions à travailler sur mon site web ou sur la présentation de mon portfolio. D'autres soirs, il prenait congé dans son bureau et je pouvais l'entendre faire les cent pas au téléphone, en train de négocier des accords pour ses propres sociétés.

Entre minuit et une heure du matin, j'allais me coucher, toujours dans la chambre d'ami. Nous ne nous souhaitions bonne nuit que très rarement et généralement lorsque nous avions un peu trop bu. Mais ça ne me dérangeait pas. Cette relation romantique n'était qu'un mirage, un mensonge, une création de toutes pièces. Nous étions tous les deux d'accord là-dessus et ça nous convenait plutôt bien.

Pour moi, Nate était un ami. Un nouvel ami, même si nous nous connaissions déjà depuis des années. J'espérais qu'il ressente la même chose et, vu la façon dont il se comportait avec moi, j'étais rassurée. Cet arrangement me suffisait.

Honnêtement, je l'aurais aidé, même si je n'avais touché que peu d'argent. D'ailleurs, je l'aurais probablement fait gratuitement. Son amitié valait son pesant d'or.

Il ne voulait pas baisser mon salaire. Il me disait qu'il avait toujours bien rémunéré ses employés pour leur travail et, qu'il voyait bien que je travaillais dur. Je n'avais pas trop le choix. J'avais besoin de cet argent et puis je me rendais bien compte que son aide serait des plus instrumentales dans la réussite de ma carrière professionnelle.

Pourtant, après quelques semaines, je dois avouer que j'étais bien contente de me retrouver à la maison, entourée d'objets et de choses familières, de pouvoir dormir dans mon propre lit. Nate devait s'absenter quelque temps pour son travail, alors j'allais pouvoir profiter de quelques jours et de quelques nuits seule. J'étais fatiguée, à la fois physiquement et mentalement, mais j'avais maintenant tout l'argent dont j'avais besoin et la chance de pouvoir percer dans le domaine de la photographie.

Nate avait arrangé un dernier rendez-vous avant son départ et ensuite, je pourrais enfin un peu me reposer, sans interruption. Anna devait travailler alors j'avais l'appartement pour moi toute seule. J'en ai profité pour regarder la télé, ce que je fis une bonne partie de la journée.

Je me levai uniquement pour aller me doucher, me changer et porter des vêtements dans lesquels je n'avais pas dormi. Anna allait bientôt rentrer. Elle se serait inquiétée si elle m'avait vue les cheveux complètement dépeignés et encore en pyjamas.

Et puis je devais aussi aller rejoindre Nate en soirée, ce qui aurait pu attendre, mais je ne voulais pas qu'Anna se fasse du souci en me voyant végéter devant la télé.

J'étais en train de m'habiller dans la salle de bain lorsque j'entendis frapper à la porte.

— Susan, tu en as encore pour longtemps ?

— Je compte passer toute la nuit ici, pourquoi ?

J'ai enfilé un chemisier propre et ai renversé mes cheveux sur le côté pour pouvoir les brosser.

— J'ai besoin de te parler. Rien de sérieux, je veux juste prendre de tes nouvelles.

Sa voix devint de plus en plus inaudible, alors qu'elle quittait le couloir pour entrer dans sa chambre.

— De rien, répondis-je au couloir vide.

Quand je sortis de la salle de bain, mes cheveux séchés et bien coiffés, je me suis rendue dans la cuisine où j'ai vu Anna en train de mettre la table et de nous servir des plats chinois qu'elle avait commandés.

— Coucou ! J'ai commandé, j'espère que tu as faim.

Elle sourit et me désigna l'assortiment massif de nourriture dans des petites boîtes qu'elle avait posées en plein milieu de la table.

— Je suis affamée !

Je n'avais pas vraiment encore réalisé à quel point ma nourriture « normale » me manquait. Dîner dans des restaurants chics avec Nate était agréable, mais j'avais besoin de mes petits plats préférés et Anna avait tapé en plein dans le mille.

Nous nous sommes installées devant nos énormes assiettes. Elle se mit à sourire, puis fronça les sourcils, prête à me questionner. Comme je ne savais pas trop ce qu'elle mijotait, j'ai pris les baguettes entre mes doigts et lui ai renvoyé une expression similaire.

— Oui, Anna ? lui demandai-je, lentement.

— Je veux des détails, me demanda-t-elle, sans détour.

— D'accord, je vois.

Elle leva sa fourchette – elle n'avait jamais réussi à savoir se servir de baguettes – et, en riant, j'ai ajouté :

— Quoi, qu'est-ce que tu veux savoir, Anna ?

Elle roula des yeux en soupirant.

— Je vois, tu veux jouer à ce petit jeu. Tu veux que je te pose des questions précises, jusqu'à ce que ça se termine par moi te suppliant de me donner des détails sur cet homme super excitant qui a fait irruption dans ta vie. D'accord. Mais, je vais d'abord manger avant de te tirer les vers du nez.

Elle fit semblant d'être vexée et regarda sa nourriture, en la poussant d'un côté à l'autre de son assiette, comme un enfant qui ferait un caprice.

J'ai explosé de rire, de cette manière qui n'arrivait qu'en présence d'Anna. Ça aussi, c'était quelque chose qui me manquait depuis que je passais la plupart de mon temps avec Nate. C'est vraiment génial d'avoir une amie avec laquelle tu n'as pas besoin de mettre de pincettes, de prétendre ou de refouler quoi que ce soit.

— Eh bien, je ne vois absolument pas de quoi tu parles. Tu crois vraiment que je te cacherais les détails d'une relation que j'entretiendrais avec un homme super sexy, super riche et super excitant ?

Je lui lançai un petit rire en coin et fronçai les sourcils. Elle écarquilla les yeux.

— J'en étais sûre ! Tu sors avec un super mec. Allez, donne-moi tous les détails. Ne me laisse pas attendre comme ça. Tu passes tes nuits chez lui, tu rayonnes, tu es plus heureuse que je ne t'aie vue depuis des années et en plus, tu gagnes plein d'argent.

Elle ouvrit la bouche avant de se la recouvrir d'une main, choquée, les yeux prêts à sortir de leurs orbites.

— Oh, mon Dieu ! Ne me dis pas que c'est l'une de ces histoires comme dans Pretty Woman ?

Je faillis m'étrangler en avalant. Je ris en secouant la tête.

— Au secours, non ! Mais qu'est-ce qui ne va pas chez toi ? Je ne pourrais jamais jouer le rôle d'une prostituée transformée en mariée.

— Alors, vas-tu me dire ce que tu as fait ces derniers temps ou dois-je te menacer en te collant une arme sur la tempe ?

Elle plongea sa tête vers le bas et lâcha sa fourchette.

— Oh, non ! Anna le gangster va se défouler sur moi. Non, s'il te plaît, épargne-moi !

J'ai rigolé mais le visage d'Anna était sérieux. J'ai commencé à gigoter maladroitement sur ma chaise, puis ai posé mes baguettes.

— D'accord, d'accord, ne t'énerve pas comme ça.

Même si j'avais quelques appréhensions quant à tout lui déballer, je lui ai tout raconté. Je lui ai expliqué ce qui se passait entre Nate et moi, sans citer son nom. Ça m'a pris plus d'une heure. Lorsque j'eus fini, notre dîner était froid. Anna était restée bouche bée, tout du long.

— Tu plaisantes, j'espère ?!

Elle se tourna sur son siège.

— Bon, c'est quoi son nom ? Je veux dire, c'est qui ce mec ? Tu m'as donné tous les détails, sauf son nom, et je suis certaine que ton histoire n'en serait que plus extraordinaire si je connaissais enfin son identité.

C'était le moment ou jamais de tout balancer. Ou je lui révélais son nom, ou je me taisais à jamais.

— Nate Talbot, lui répondis-je, simplement.

J'avais inspiré profondément avant de prononcer ces mots et, à présent, je me trouvais face à face avec Anna.

— Quoi ? Qu'est-ce qu'il y a ? Qu'est-ce qui ne va pas ?

Elle secoua la tête, se leva et déposa son assiette dans l'évier. Elle se retourna et appuya une de ses hanches contre le comptoir.

— Est-ce que tu sais qui il est, Susan ?

J'ai haussé les épaules.

— On avait l'habitude de jouer ensemble quand nous étions gamins. Je connais un peu sa mère ainsi que sa grand-mère. Sa sœur et moi étions de bonnes amies et nous passions du temps ensemble lorsqu'ils venaient rendre visite à leur grand-mère dans son ranch. Je sais que lui et sa famille sont puissants et riches. Il respecte les femmes et il demande que tous ceux qui l'entourent en fassent autant. On s'entend super bien et il m'aide à lancer mon business. Pourquoi me demandes-tu ça ?

— Oui, c'est super mais… elle se rassit sur sa chaise, se laissant choir dessus. Ce mec est un coureur de jupons. Et je parle de jupons en or. Il couche avec plein de filles et organise des soirées mémorables.

Elle se pencha vers moi.

— Et quand je te dis « mémorables », je devrais plutôt te dire « absolument scandaleuses ». On y trouve de tout : du sexe, des drogues, de l'alcool…

— Non, dis-je en me levant pour aller porter mon assiette jusqu'à l'évier et pour éviter son regard inquiet et inquisiteur.

— Si, Susan. Ça fait le buzz sur les réseaux sociaux. Et quand ce n'est pas lui qui publie des trucs, ses invités ne se font pas prier pour le faire. J'ai vu des photos.

Elle se leva et croisa les bras.

— Plein de photos, Susan. Tu sais, celles qui sont publiées sur des apps et qui disparaissent un jour après. Tu vois le genre de photos dont je veux te parler, non ?

— Il ne m'a jamais donné cette impression-là. Je ne crois pas à tous ces ragots et tu devrais en faire de même. Tu sais combien c'est facile de retoucher les photos digitales.

J'ai posé mes mains sur ses épaules.

— Et puis, de toute façon, ce n'est pas comme s'il se passait quelque chose entre nous. Ça ne m'affecterait pas plus que ça parce que je ne suis pas sa petite amie et il n'est pas mon petit ami.

— D'accord, dit-elle en faisant exprès de faire traîner ce mot. Je t'aurai prévenue.

Elle leva les mains avant de les laisser retomber, exaspérée.

— Oui, tu m'auras prévenue, mais ça ne change vraiment rien. Nous sommes des associés et des amis, Anna. Merci de te faire du souci pour moi. Vraiment.

Je lui ai donné une accolade.

— De rien, dit-elle en me serrant fort contre elle.

Bien que Nate et moi ne formions pas un vrai couple, ce que venait de me dire Anna me dérangeait à un niveau plus profond. Et pourtant, je ne croyais pas trop à ce qui pouvait être publié sur les réseaux sociaux car je savais, plus que quiconque, combien il était facile de retoucher une photo digitale.

Chapitre 13

Susan

Plus tard dans la soirée, je me suis préparée pour notre dernier rendez-vous avant une pause de trois jours durant laquelle je pourrais dormir dans mon lit et pourrais me goinfrer de tous mes plats préférés.

J'ai chassé de mon esprit toutes ces pensées au sujet du mode de vie scandaleux et salasse dont m'avait parlé Anna. J'ai enfilé une tenue confortable, une jupe évasée et un haut avec un décolleté dans le dos. Je l'ai assortie d'un foulard multicolore aux teintes pastel qui me faisaient penser à un tableau de Monet.

Nate m'attendait dehors. Il avait insisté pour venir me chercher chez moi plutôt que me retrouver au restaurant, ce qui était notre stratégie habituelle avant chaque rendez-vous. Il m'ouvrit la porte de la voiture et je m'installai, souriante.

En quittant le parking, il me fit remarquer :

— Tu es vraiment jolie dans cette robe. Légère et rafraîchissante, comme une brise de montagne.

J'ai souri en écoutant ce compliment peu ordinaire et l'ai remercié.

Il conduisit pendant quelques minutes sans que nous échangions la moindre parole ; l'atmosphère entre nous semblait un peu électrique et je me demandais s'il avait des soucis avec son travail. Je voulais lui demander mais je me suis ravisée, craignant qu'il ne pense que je commençais à me comporter comme une vraie compagne. C'était quelque chose qui ne m'avait jamais traversé l'esprit auparavant. En tout cas, pas avant qu'Anna ne me raconte toutes ces choses horribles sur la vie supposément débauchée et pleine d'excès de Nate.

Quand il prit un autre chemin que celui pour se rendre au centre-ville, je regardai par la fenêtre, confuse.

— Je croyais que nous allions dîner.

— C'est ce que nous allons faire.

Il regarda devant lui, en souriant légèrement.

Ce sourire à la Mona Lisa ne lui allait pas très bien. Ce n'était pas dans son caractère, pensais-je. J'ai observé quelques minutes de plus ce paysage qui changeait au fil des kilomètres parcourus. Il n'y avait plus de béton ni de grands bâtiments. Ils avaient été remplacés par de superbes maisons trônant au milieu de jardins impeccablement entretenus. Je me sentais comme transportée dans une version contemporaine d'un tableau de Normal Rockwell qui aurait pris vie.

— Tu es sûr que nous allons dans un restaurant et non pas chez un antiquaire ? demandai-je en riant à nouveau et en repensant à toutes ces petites boutiques d'antiquités qui se trouvaient dans ma ville natale, et combien mal à l'aise Nate s'y sentirait.

— Non, pas d'antiquaire ce soir. Mais je suis certain que tu vas adorer cet endroit. J'en suis sûr.

Il me regarda et son sourire s'agrandit, illuminé de malice.

Il me lança un clin d'œil, puis redirigea son attention sur la petite route que nous empruntions.

Mon cœur se mit à battre très fort. L'odeur musquée de son parfum et la chaleur du soleil se reflétant sur moi me rendaient toute bizarre. Sa main forte sur la boîte de vitesses, ses muscles qui se tendaient et se relaxaient alors qu'il conduisait faisaient naître en moi des pensées dont je me serais bien passée.

Certains diront que c'est la pleine lune qui est responsable de leurs pensées folles et impures ; moi, je dis que c'est le soleil. J'étais en train d'imaginer sa main si masculine parcourir mon corps dénudé, cette chaleur égale à celle qui tapait sur le pare-brise consumer ma peau.

Un peu honteuse, le visage rouge à cause de la chaleur et de ces pensées, je lui demandai :

— Alors, où est donc ce fameux restaurant ? Je ne savais pas qu'il y avait de bons restaurants si loin de la ville.

— Oh, si. Il y en a plein. C'est juste dans un environnement différent. Mais, trêve de questions, nous sommes presque arrivés.

Il tapota mon genou nu.

Ce geste n'avait rien d'allumeur. En fait, si j'étais honnête et sincère avec moi-même, c'était tout le contraire. C'était le genre de geste affectif qu'une petite fille recevrait de son père ou de son grand-père. Un geste rassurant, rien de plus. Mes sentiments étaient divisés. D'un côté, j'étais contente qu'il s'en tienne là. Mais, d'un autre côté, j'avais le cœur brisé parce que cela voulait dire qu'il ne sentait pas bouillonner les prémices d'une possible romance entre nous deux.

Il pointa du doigt vers l'avant et dit :

— Nous y voilà.

Je ne vis qu'une grande maison de campagne. Il y avait deux étages et une véranda. Elle était jolie mais je ne voyais pas de restaurant. J'étais sur le point de lui demander où nous étions vraiment quand il arriva sur le parking et que je découvris le paysage verdoyant aux alentours.

Cette maison était bien un restaurant, comme l'annonçait le signe en bois sur le poteau où l'on pouvait lire « Le Restaurant Heritage Home ». Il avança un peu plus dans le parking et la totalité de cette vue magnifique s'afficha devant moi. J'en avais le souffle coupé.

— Tu aimes ? me demanda-t-il en coupant le moteur.

— J'adore ! Ça me rappelle la ferme.

Il y avait un tracteur qui avançait paisiblement dans un champ pour faucher les herbes hautes et faire des ballots de foin. Plus près, un champ de maïs bougeait au rythme de la brise, comme les vagues dans l'océan. Et plus près encore, tout le long du champ qui longeait la colline où se trouvait le restaurant, de nombreuses fleurs des champs ajoutaient des touches de couleurs brillantes.

Dès que je suis sortie de la voiture, j'ai senti le vent sur mon visage et ma jupe est allée se coller sur mes jambes. La brise amenait avec elle des parfums de nourriture. Ces plats faits maison, les sauces riches et onctueuses, me faisaient penser à la ferme de mon enfance.

Je visualisais Maman en train de préparer un grand repas du dimanche, embaumant la maison tout entière, pendant que Papa était assis sur le porche, un cigare ou une tasse de café à la main. Moi, j'étais tout excitée à l'idée de voir du monde à la maison.

C'était le genre de journée qui se baladait dans mes souvenirs, douce et un peu idéalisée, le genre de souvenir que j'aimais me remémorer lorsque j'avais besoin de sentir la chaleur et le confort d'une vraie maison, d'un vrai foyer et d'une vraie famille. Alors oui, j'ai immédiatement adoré le restaurant Home Heritage.

— C'est bien ce que je pensais.

Il me sourit et me tendit le bras.

— On entre et on va voir ce qu'on peut nous proposer de bon ? Je suis persuadé que quelques-uns de tes plats préférés figurent au menu.

Il se mit à renifler.

— Et peut-être même un plat dont tu raffolais quand tu étais petite.

La décoration intérieure avait une touche country, mais c'était un peu trop moderne à mon goût. Je la trouvais désassortie à l'architecture extérieure mais c'était calme et tranquille, mis à part les bruits provenant de la cuisine.

Un couple aux cheveux argentés était installé dans un coin, souriant et mangeant tranquillement. Je me suis demandé de quoi j'aurais l'air à leur âge, qui se trouverait assis en face de moi, qui partagerait sa journée, ses rêves et ses espérances avec moi ? Serais-je aussi amoureuse que ce couple ?

La question du jour était si l'homme qui se trouverait en face de moi serait un homme comme Nate ou carrément Nate lui-même, bien que ça soit improbable. Ou bien, reviendrais-je aux sources pour me caser avec quelqu'un qui ressemblerait plus à mon père ?

Pendant que j'étudiais le contenu du menu, j'essayais d'imaginer Nate vers la cinquantaine tassée ou même la soixantaine. Il aurait les cheveux gris, des yeux plus sages, des rides. J'avais du mal à l'imaginer plus vieux qu'il ne l'était à présent. J'ai jeté un œil sur ce couple et me suis dit que l'amour véritable ressemblait sûrement à cela. Tu tombes amoureuse et à partir de là, tu ne te rends même pas compte des changements qui s'opèrent avec l'âge. Pour toi, la personne que tu aimes ressemblera toujours à celle que tu as vue la première fois et dont tu es tombée amoureuse.

L'amour était toujours présent, mais peut-être pas de la même manière. Ce n'était plus une passion dévorante mais un amour constant et doux, assagi par le temps qui passe et par tous les hauts et les bas infligés par la vie. Un lien plus profond. Un lien éternel.

— Tu n'aimes pas le menu ? me demanda Nate en se penchant vers moi pour attirer mon attention.

J'étais ailleurs, perdue dans mes pensées et je me suis mise à rire nerveusement quand il se mit à parler.

— Non, enfin, je veux dire, si. Le menu est bien. J'étais juste en train de réfléchir.

J'ai focalisé toute mon attention sur le menu, ai parcouru la liste des plats proposés et ai décidé de commander un steak grillé avec un thé sucré. Un plat sans chichi et sûr de me plaire.

— Si tu veux, on peut aller dîner autre part.

Il posa son menu sur le côté.

— Non, non. Vraiment. J'étais juste en train de penser et… tu sais comment c'est quand tu te perds dans tes pensées ou dans tes souvenirs. Je sais ce que je vais commander. Et toi ? Tu as trouvé quelque chose qui te plaît ?

— Oui.

Il sourit et regarda par la fenêtre. Nous avions une vue formidable depuis notre table. Nous pouvions admirer les champs. Le tracteur poursuivait sa course en coupant l'herbe. Il ne lui restait plus beaucoup à faire. Encore quelques tours et il aurait fini. Rentrerait-il chez lui pour profiter d'un bon repas avec sa famille ? Était-il un jeune agriculteur célibataire qui se dépêchait de finir pour pouvoir se rendre à un rendez-vous galant ? Ou bien était-il veuf, condamné à regagner une maison vide à la tombée de la nuit ?

La serveuse apparut, un large et faux sourire plastique sur les lèvres.

— Bonsoir, savez-vous ce que vous souhaitez commander ?

Nate me fit signe et j'énonçai ma commande. Alors qu'elle se tournait vers lui pour prendre la sienne, une petite vague de tristesse me balaya et je me mis à trembler.

Nate, l'homme le plus attirant et possiblement le plus sexy que j'aie eu le plaisir de compter parmi mes amis, ne m'appartenait pas. Il ne m'appartiendrait jamais. Nous n'étions que de simples associés d'affaires, avec un seul but en tête. Devrais-je me contenter d'être son amie, espérant recevoir et partager l'amour avec un homme comme lui ? Étais-je condamnée à ne fréquenter que des hommes comme Avery ?

Pourquoi m'étais-je mise à penser de cette façon ? Peut-être était-ce à cause de cette impression de me retrouver à la maison et des souvenirs qui étaient revenus à la surface depuis que nous étions arrivés à l'Home Heritage. De la nostalgie. Purement et simplement. Peut-être que j'avais le mal du pays et que je ne m'en étais même pas rendu compte.

Je crois que j'étais probablement transie d'amour, je le savais et je ne pouvais rien y faire. Cette farce prendrait fin d'ici quelques semaines et je pourrais avancer dans ma vie, essayer de chasser ces sentiments que j'éprouvais pour Nate et passer à autre chose.

La serveuse disparut et j'eus toute la peine du monde à parler de quoi que ce soit avec Nate.

Mon cœur et mon âme étaient d'humeur morose et ma conversation laissait à désirer.

Nate essaya de parler de tout et de rien, de son travail, mais il prit soin de ne pas parler de son voyage d'affaires ni de sa mère. Tout au long du repas, il me posa des questions pour m'inciter à parler. Est-ce que j'étais contente du travail qu'il avait fait pour mon site web ? Est-ce que j'avais eu le temps de mettre en ligne mes photos ? Et puis, il me demanda comment allaient mes parents et si la vie au ranch avec eux me manquait beaucoup.

— Bien sûr qu'ils me manquent. Ta mère ne te manquerait pas si tu décidais d'aller habiter dans un autre état et que tu n'aies que rarement l'occasion de la voir ?

Hébétée, je le dévisageais, la bouche ouverte.

Il se mit à rire.

— Eh bien, pour être honnête… il écarta ses mains et haussa les épaules avec un sourire. Je ne sais pas. Peut-être au bout d'un certain temps. Très longtemps, ajouta-t-il, en murmurant.

Nous avons éclaté de rire tous les deux. Je le comprenais. Si ma mère s'était montrée aussi entreprenante, sa compagnie ne me manquerait pas autant.

— Tu es heureuse à New York ou préfèrerais-tu revenir t'installer en Pennsylvanie ?

Il avait fini son assiette et la poussa sur le côté, pour se concentrer pleinement sur moi.

Ça me rendit un peu nerveuse, étant donné mon humeur et mes pensées du moment.

— Je suis assez contente de vivre en ville. Je ne sais pas si revenir vivre en Pennsylvanie serait la bonne décision pour moi. Ce que je veux dire c'est que là-bas, il y a plein de magnifiques paysages, c'est beaucoup plus paisible que de vivre en ville, mais je ne crois pas qu'il existe autant d'opportunités pour réussir.

En fait, j'en étais certaine. Je ne voulais pas devoir vivre en quémandant ou en vendant mes photos pour les calendriers locaux ou ponctuellement devoir me transformer en photographe de mariage.

— Tu ne m'as pas l'air très convaincue. Peut-être devrais-tu rendre visite à tes parents, profiter d'un bol d'air frais. Hé, passer quelques jours au ranch, c'est plutôt une bonne idée.

Il se mit à me sourire de façon désarmante.

— Oui, je devrais penser à le faire bientôt.

Mais en fait, je ne le ferais pas. Je ne partirais pas tant que je n'aurais pas fini de mettre en marche mon business en ligne. Je devais me concentrer sur ça.

La serveuse revint pour nous proposer des desserts, mais nous déclinâmes son offre tous les deux. Nate s'acquitta de la note, plus modeste que celle des restaurants qu'il fréquentait en ville, avec leurs chefs étoilés. Et puis, pour moi, la nourriture était meilleure ici.

Nate me demanda :

— Est-ce que tu veux prendre des photos avant que nous retournions en ville ? Je pense que tu pourrais prendre de superbes clichés du coucher de soleil dans les champs.

— J'adorerais, mais je n'ai pas apporté mon appareil photo, dis-je en lui montrant le petit sac à main que j'avais avec moi. Je pensais que nous allions dîner en ville, ajoutai-je, d'un ton un peu accusateur.

Il s'enfonça dans son fauteuil, l'air un peu suffisant, croisa les bras sur sa poitrine et dit :

— Eh bien, ça tombe bien parce que j'ai justement un appareil photo qui t'attend dans la voiture. C'est un bon appareil, je crois. Tu pourrais prendre des photos et me dire ce que tu en penses ?

J'ai hoché la tête avec enthousiasme. Essayer de nouveaux appareils photo et m'amuser à les paramétrer était l'une de mes activités préférées.

— Oh, oui. Avec grand plaisir.

Il se leva rapidement et prit ma main.

— J'espérais que tu me dises cela.

Il sortit un sac noir du coffre de sa voiture. Il s'agissait d'un kit professionnel. Mes mains devinrent moites, rien qu'en le regardant. Au lieu d'ouvrir le sac et de me tendre l'appareil photo, il me confia le sac tout entier. Je le lui pris des mains. C'était un appareil photo Canon avec plein d'accessoires, capable de prendre des clichés et des vidéos en haute définition. L'ensemble devait coûter quelques milliers de dollars et, une fois l'appareil en mains, mon cœur se mit à battre.

— Alors, j'ai fait une bonne affaire ou c'est une arnaque ?

Il se déplaça sur le côté et ferma le coffre.

— Je ne sais pas, car je ne sais pas combien d'argent tu as dépensé pour tout ça, mais ce que je peux te dire c'est que c'est du matériel de photographe et de vidéographe professionnel. C'est du haut de gamme.

J'ai souri et j'ai secoué la tête.

— Le prix n'a pas d'importance. Je voulais juste savoir si c'était du bon matos ou pas.

Il me fit signe de le suivre.

Nous nous arrêtâmes au bas de la colline et nous assîmes sur deux chaises en bois faites maison, sous un vieil orme, pendant que j'essayais de configurer correctement l'appareil photo. Ça ne fut pas très long, mais il y avait quand même beaucoup de réglages possibles. Je pourrais m'amuser avec cet appareil pendant des jours, juste à essayer d'apprendre son fonctionnement et voir ce dont il était capable.

J'ai regardé Nate à travers l'objectif et il s'est mis à rire, en baissant le menton légèrement vers sa poitrine. J'ai pris une photo et j'ai souri devant son expression si mignonne. Je l'avais pris sur le vif et il ne s'attendait pas du tout à ce que je le fasse.

— Passons à des sujets de photos plus intéressants.

Il désigna un éperon rocheux, au milieu de la colline.

— Là. Tu pourrais prendre en photo le coucher de soleil au loin et puis les champs fraîchement fauchés. Allons-y.

Je l'ai suivi en faisant attention. Je prenais des photos de lui sous tous les angles lorsqu'il ne faisait pas attention. La lueur chaude et dorée du soleil sur son visage lui conférait un air céleste alors que l'autre côté de son visage disparaissait dans l'obscurité. Il faisait un modèle sublime, contrairement à ce qu'il disait.

Après avoir pris au moins une cinquantaine de photos des champs et du coucher de soleil, je réussis à prendre quelques photos à l'improviste de Nate alors qu'il se tenait debout et admirait le paysage. C'étaient de superbes clichés. Je ressentais quelque chose en moi que je n'avais pas ressenti depuis très longtemps – j'étais heureuse et apaisée.

En montant le long de la colline, devant Nate, heureuse d'avoir pu voler quelques clichés de lui, ma chaussure se prit dans un trou et je tombai en arrière. Le souffle coupé, je retins l'appareil photo sur la poitrine avec un seul bras, tendue et prête à m'affaisser complètement au sol.

Mais au lieu de ça, je me suis écroulée sur Nate, en tombant contre sa poitrine musclée. Il passa fermement ses bras autour de moi, s'assura de retrouver son équilibre et m'aida à me relever. Une fois terminé, je pensais qu'il allait s'écarter, mais il resta collé contre moi, la chaleur de son corps transperçant mes vêtements, ravivant mon désir.

Nous étions là, debout sous cet orme, le soleil se couchant derrière nous et mon cœur galopait de plus belle. Ce moment était tout simplement divin.

Lorsque je me suis tournée vers lui, il respirait lentement et profondément. Nous n'étions qu'à quelques centimètres l'un de l'autre et nous nous sommes perdus dans le regard de l'autre pendant ce qui me parut durer une éternité. Et puis, ce moment arriva. Ses doigts dessinèrent un chemin brûlant entre mon épaule et mon coude. Puis, en faisant pression légèrement, il m'attira vers lui et se pencha pour m'embrasser.

Alors qu'il frôlait mes lèvres, il s'arrêta et son corps se raidit. Il ôta sa main de mon coude. J'ouvris les yeux et je le regardai. Quelque chose avait profondément changé en lui. L'expression tendre, douce et passionnée s'était évanouie et avait été remplacée par un regard plus froid et distant. Mon cœur s'est arrêté de battre quelques instants.

Je me demandais si j'avais fait quelque chose de mal. Peut-être avait-il pensé que je voulais qu'il s'arrête ? J'étais assaillie par des milliers d'interrogations. Et pourtant, je n'étais en mesure de recevoir aucune réponse.

Il fit un pas en arrière et se trouvait maintenant loin de moi, me laissant enveloppée dans une brise fraîche et par tous mes doutes. Il recula à nouveau et se tourna.

— Je crois que nous devrions rentrer à présent. Je dois me préparer pour mon voyage d'affaires. Mon vol part très tôt demain matin.

Il se remit en marche, sans même se retourner.

— Bien sûr, tu as besoin de te reposer.

Je l'ai suivi et j'ai pris place dans la voiture après qu'il a eu ouvert la porte pour moi.

Son sourire était crispé, son expression facile réservée. Il avait une main dans la poche et l'autre sur la poignée de la porte. Rien d'amical ou de romantique qui puisse suggérer qu'il était à l'aise en ma compagnie. Il paraissait figé lorsqu'il prit le volant.

Il regarda l'appareil photo qui se trouvait sur mes genoux, mit la voiture au point mort et serra le frein à main.

— J'ai acheté cet appareil photo pour toi. Enfin, si ce dernier te plaît, bien sûr.

Il se pencha vers le siège arrière et attrapa le sac pour me le donner.

— Pour moi ? Je pensais que tu voulais que je le teste, dis-je, étonnée.

— Non. J'ai juste dit que je voulais voir s'il te plaisait ou non.

Il passa en première vitesse et nous étions sur le chemin du retour. Je remis l'appareil photo dans son sac.

— Et s'il ne m'avait pas convenu ? dis-je en posant le sac entre mes pieds.

— Eh bien, je t'aurais remerciée, je l'aurais renvoyé et j'en aurais commandé un autre qui aurait mieux répondu à tes besoins. Ça fait partie de nos accords. Je sais que tu fais ton boulot et que tu en fais bien plus encore, alors c'est ma façon à moi de te remercier. Je voulais t'offrir ce petit bonus.

Son sourire tendu disparut aussitôt qu'il prononça ces mots.

— Merci, mais tu sais que ce n'est pas la peine.

— Ce n'est pas négociable. Cet appareil photo est à toi et je tiens à te remercier pour ton aide. J'espère que ça pourra t'aider dans ton travail.

Il ne me regardait même pas.

— Merci, ça va énormément me faciliter la tâche.

Je ne savais pas quoi dire d'autre. Il y avait à peine quelques minutes, il était sur le point de m'embrasser et puis maintenant, il était super professionnel, froid et distant. Je n'y comprenais plus rien du tout. Et moi qui pensais que c'était nous, les femmes, qui étions douées pour envoyer des messages contradictoires !

Le reste du trajet fut silencieux, sauf pour la radio qui était du reste à peine audible. Je me sentais plus que mal à l'aise et ce fut encore pire lorsqu'il me déposa devant chez moi. Un au revoir froid, rapide, suivi d'un « je t'envoie un message que je rentre ». Et voilà qu'il disparaissait dans l'obscurité de la nuit.

Chapitre 14

Nate

J'ai tout juste pris le temps de m'arrêter pour déposer Susan. J'ai rapidement pris congé et puis je suis parti aussi vite que j'ai pu, en regardant sa silhouette disparaître dans mon rétro. J'ai respiré profondément avant de m'autoflageller pour m'être comporté comme un tel imbécile.

Susan était une belle femme, avec un physique de rêve, attentionnée, sexy et elle m'avait déjà prouvé qu'elle était désireuse de m'apporter son aide pour remédier à ma situation. Ma mère ne l'intimidait pas comme elle avait pu effrayer toutes mes autres petites copines, même lorsqu'elle agissait de manière humiliante, voire cruelle. Susan était forte, intelligente et j'aimais passer du temps en sa compagnie.

Peut-être un peu trop.

Lorsque nous nous étions tous les deux retrouvés sous cet orme, je l'avais presque embrassée après sa chute. Je voulais la prendre dans mes bras et arracher ses vêtements, la prendre, l'entendre gémir de plaisir et hurler mon nom.

Mais non. J'ai mis fin à notre soirée et à notre rendez-vous. Très rapidement et très brusquement.

La voiture supporta sans problème ma conduite, un peu plus sportive que d'habitude. Une fois arrivé chez moi, je pris l'ascenseur mais je n'arrivais à penser qu'à une seule chose : j'aurais dû au moins embrasser Susan. Elle n'avait montré aucun signe de rejet, ce qui, étrangement, me conforta encore plus dans ma décision de ne pas être allé plus loin.

Car je me connais, et ça ne se serait pas terminé par un simple baiser.

J'ai posé mes clés, mon portefeuille et ma montre sur la petite table à l'entrée. J'ai retiré mes chaussures et les ai glissées en dessous. J'appréciais la fraîcheur du sol. En arrivant dans ma chambre, j'avais déjà ôté tous mes vêtements, sauf mon caleçon.

J'ai enfilé un pyjama pour la nuit, je suis retourné au rez-de-chaussée et je me suis servi un grand verre. Le Jack Daniel's n'avait pas ce goût onctueux auquel j'étais habitué et le boire ne m'avait pas réconforté du tout. Cependant, il avait fait son boulot et avait fait en sorte que je m'endorme. Ce whisky avait toutes les qualités d'un cowboy musclé : direct et sans chichis.

C'est tout ce dont j'avais besoin pour chasser Susan de mes pensées. Je ne pouvais pas me permettre d'embarquer demain pour l'Arizona si elle hantait mon esprit au point que je ne pouvais pas trouver le sommeil. J'avais besoin d'être au top de ma forme, car j'avais rendez-vous avec le PDG de la société Anderson. Cette dernière pourrait devenir un gros client, mais il fallait que je sois performant et que je puisse en séduire les dirigeants.

Il n'y avait rien d'intéressant à la télé : juste le lot quotidien d'infos déprimantes, quelques émissions sportives et les programmes de nuit, principalement composés de téléshopping à la noix. Rien n'arrivait à retenir mon attention et il y avait trop de choix sur mon appli de streaming. J'ai donc éteint la télé et j'ai lancé la télécommande sur le canapé qui se trouvait à côté de moi avant de boire une autre gorgée d'alcool.

La brûlure que le whisky me procurait était merveilleusement agréable, mais j'avais peur que cela me donne un ulcère d'estomac qui m'obligerait à avaler des aspirines tout le long du vol demain matin. Cependant, si cela voulait dire que je pourrais dormir un peu et arrêter de fantasmer sur Susan, alors, ça en valait la peine.

Alors que j'avais déjà bu la moitié de mon verre de feu liquide, j'ai commencé à me demander si avoir embauché Susan pour m'aider à me débarrasser de ma mère avait été une bonne idée. Ça avait été un coup de tête mais, au fond, ça semblait tellement bien fonctionner. Pour moi, c'était de cette façon que j'arriverais à empêcher ma mère de se mêler de ma vie privée. Cependant, je dois avouer que ça s'était transformé en quelque chose de bien plus complexe qu'un simple partenariat professionnel.

Mon téléphone sonna. Je regardai qui m'appelait. C'était Alexandria. Ce n'était pas inhabituel qu'elle m'appelle, mais nous ne parlions en général qu'une ou deux fois par semaine et toujours pendant les heures de travail. J'ai posé mon verre de whisky, je me suis redressé sur la chaise et j'ai décroché.

— Eh bien, salut Nate. Alors, quoi de neuf et d'excitant ce soir ? Est-ce que j'interromps quelque chose ?

Elle avait toujours l'air d'être heureuse, j'enviais cette qualité un peu excentrique.

— Non, rien de nouveau ni d'excitant, Alex. Je suis juste en train de traîner à la maison. Et vous, tout va bien pour toi et ce cher docteur ?

— Oh, nous nous portons à merveille. Quand Romie est là, c'est toujours comme ça.

Elle se mit à rire, ravie.

— Je suis content pour toi, petite sœur. Vraiment. Je suis content que tu aies trouvé quelqu'un qui te traite comme tu le mérites et qui t'aime.

Je me suis tourné à nouveau vers mon verre de whisky.

— Et aussi d'avoir pu dénicher quelqu'un qui est à la hauteur des attentes et des standards de Maman. Moi, je pense qu'il est parfait mais bon, je suis très amoureuse, alors je manque un peu d'objectivité, pas vrai ?

Elle se mit à glousser en riant à nouveau et j'en déduisis qu'elle devait avoir un petit coup dans le nez. Même si j'étais à peu près sûr que sa boisson était moins alcoolisée que la mienne, elle devait l'être suffisamment pour la rendre un peu pompette.

Je me suis moqué d'elle.

— Personne ne sera jamais à la hauteur pour Maman. Nous le savons tous les deux.

— Quoi ? Attends, elle a dit quelque chose sur Romie ?

Le ton paniqué qu'elle employait m'aurait presque fait rire, mais je savais qu'elle était réellement effrayée.

— Non, je dis ça juste comme ça. Tu sais bien que personne ne peut être à la hauteur de ses ridicules attentes. En tout cas, en ce qui me concerne, personne avec qui je voudrais me marier. Romie lui convient tout à fait. C'est un riche docteur, couronné de succès. Que pourrait-elle ne pas apprécier chez lui ?

Mes propos étaient empreints d'une touche de sarcasme. Elle resta silencieuse à l'autre bout du fil. Et puis, comme elle ne parlait toujours pas, je finis par lui demander :

— Tu es toujours là, Alex ?

— Bien sûr que je suis là. Mais qu'est-ce qui ne va pas avec toi ? Tu n'as pas l'air dans ton assiette. Est-ce que Maman te mène la vie dure au sujet de tes amourettes ? Ou est-ce autre chose ?

Cela faisait longtemps que je n'avais pas eu de conversation à cœur ouvert avec ma sœur cadette. Plus jeunes, nous pouvions parler de tout ce qui nous tracassait : de nos malaises d'ados à des choses encore plus graves, comme le décès de notre père, par exemple. Nous avions pleuré dans les bras de l'autre.

D'habitude, Papa était trop occupé pour passer beaucoup de temps à la maison et Maman s'était toujours montrée quelque peu distante et froide lorsqu'il s'agissait de laisser parler les émotions autres qu'une colère arrogante causée par un événement mineur et sans importance. Comme, par exemple, avoir marché sur un tapis, renversé un verre, être sorti avec une personne qu'elle jugeait ne pas être assez riche ou si nous voulions faire quelque chose qui ne lui convenait pas. Oui, sa colère moralisatrice était pour la plupart dirigée contre moi et Alex.

Comme je n'avais pas envie de passer toute la soirée avec elle au téléphone, je me suis contenté de lui répondre :

— Non, rien. Tout va bien. Alors que c'était tout le contraire.

— Non, tu ne vas pas t'en tirer comme ça. Crache le morceau. Que se passe-t-il ? Je sais bien que quelque chose te préoccupe et que c'est quelque chose de sérieux. Je suis ta sœur, n'oublie pas que tu ne peux pas me duper comme ça, ajouta-t-elle en riant.

Le bruit d'un glaçon tintant dans un verre se fit entendre et confirma mes soupçons.

— Moi, ça va mais on dirait que tu as bu, petite sœur. Tu es sûre que tout va bien de ton côté ?

Je me suis dirigé vers mon minibar pour remplir à nouveau mon verre et j'en ai profité pour admirer le paysage urbain de la ville.

Les lumières des phares, microscopiques depuis la hauteur du penthouse, se mouvaient comme des fourmis le long des rubans d'asphalte s'entrecroisant. Les immeubles voisins étaient allumés comme des blocs de Tetris, les enseignes lumineuses affichaient leurs pubs aux couleurs changeantes et le brouhaha des rues et des étages inférieurs ne m'atteignait pas.

Perché au dernier étage, j'aurais dû me sentir comme un roi contemplant son royaume. Mais au lieu de ça, j'avais l'impression d'être un imposteur, régnant sur un royaume imaginaire, un intrus, attendant de céder sa place à l'héritier légitime.

— Depuis quand n'ai-je plus le droit de boire ? Je suis assez grande. Et puis d'abord, n'essaye pas de changer de sujet. Je ne suis même pas encore éméchée.

Elle agita son verre près du téléphone.

— Et toi, pourquoi bois-tu ? Tu as l'air déprimé. Dis-moi ce qui se passe ou je débarque chez toi ce soir.

Je savais qu'elle ne proférait pas de menaces dans le vide. Si je voulais préserver ma tranquillité et ma solitude ce soir, je n'avais d'autre choix que de tout lui avouer. Et puisque le Jack Daniel's savait se montrer persuasif, j'avais décidé de lui dire toute la vérité. D'autant plus que ça serait plus facile que d'essayer de me souvenir plus tard d'un mensonge que je lui aurais dit sous l'emprise de l'alcool.

— Eh bien, c'est au sujet de cette fille que je viens de rencontrer. Une fille. Voilà, tu es contente ?

— Oh, une fille ? Juste une fille, hein ? Mais bien sûr. Parce que c'est bien connu, n'importe quelle fille est capable de déprimer mon frère et de lui faire boire une bouteille de Jack Daniel's.

Elle s'arrêta un moment, en espérant que je lui réponde. Confrontée à mon silence, elle poursuivit.

— Je ne te crois pas. Balance-moi une meilleure histoire, plus vendeuse.

— D'accord, si tu insistes. C'est une fille…

Mes pensées essayaient de prendre la fuite.

— Oui, ça, j'ai compris.

Elle se mit à rire de la même façon que lorsque nous étions au collège. Elle était beaucoup plus saoule qu'elle ne le pensait.

— Grosse maline, dis-je en riant avec elle. J'essayais de rassembler mes pensées, merci beaucoup. Donc, je pense beaucoup à cette fille. Je l'ai dans la peau et je n'arrive pas à la chasser de mon esprit. C'est bizarre. Ce n'est pas comme avec les autres filles avec qui j'ai pu sortir. Parler pour ne rien dire ou pour ne pas rester silencieux n'était jamais une bonne idée avec ma sœur, car elle arrivait à déchiffrer des non-dits et des nuances comme personne d'autre ne savait le faire.

— Décris-la-moi un peu plus. Je veux savoir si c'est une fille bien pour toi ou pas.

J'entendis à nouveau le bruit des glaçons dans son verre.

— Oh, oui, sans aucun doute. C'est une des femmes les plus envoûtantes qui aient jamais croisé ma route. Elle me manque tellement maintenant. J'ai beau essayer de me concentrer sur autre chose, je n'arrête pas de penser à elle, rien n'y fait.

Mon cœur se serra dans ma poitrine et je me dirigeai de l'autre côté de la pièce pour regarder en direction de l'appartement de Susan. Évidemment, je ne pouvais voir son appartement, mais le simple fait de poser mon regard sur cette partie de la ville semblait m'apaiser. Mais une grande partie de moi se languissait aussi. D'ailleurs, c'était surtout ça.

Alex se mit à rire. Elle kiffait entendre ma confession. Une confession que je lui livrais sous l'effet de l'alcool. Si j'avais été sobre, j'aurais parlé de tout ça différemment ou peut-être aurais-je préféré me taire. Alors que son attitude commençait à m'agacer, elle s'arrêta de rire et se racla la gorge.

— Je suis content d'avoir pu te divertir un peu ce soir, sœurette. Je crois que je vais raccrocher maintenant, si tu n'as plus besoin de moi.

— Hé, ne t'avise pas de me raccrocher au nez. Je me demandais juste où était passé mon frère. Tu l'as caché où ?

Elle se mit à ricaner et à pousser des petits grognements.

— Tu as trop bu ou quoi ?

J'ai détourné le regard de la fenêtre, ai fixé mon verre à moitié vide et me suis demandé si je n'étais pas ivre.

— Non.

— Alors, qu'est-il arrivé à mon frère plein d'assurance et qui passe son temps à briser le cœur des filles ? Ce coureur de jupons qui a toujours eu toutes les filles qu'il désirait et auxquelles il ne s'attachait jamais ? Tu te souviens de cette fameuse technique, « Attraper et relâcher le poisson » ?!

— Oui, je n'ai pas oublié tout ça, Alex. Mais, elle est tellement différente des autres. Je ne peux pas laisser filer une femme qui hante mes pensées.

— Eh bien, si cette fille t'a ensorcelé à ce point, je pense que tu devrais foncer. Enfin, je crois que c'est ce qu'aurait fait le Nate que je connais et que j'apprécie tellement. Tu as toujours couru après ce que tu désirais et d'après ce que tu me racontes, je crois que tu as vraiment envie d'elle.

— Nate le coureur de jupons, Nate le pêcheur de femme est parti en vacances et crois-moi, il ne compte pas revenir.

J'ai ri, je me sentais comme plus léger, soulagé, sans trop savoir pourquoi.

— Tu sais, ce n'est pas une mauvaise chose. On tombe tous amoureux, on se case et on se range. Tiens, c'est ce qui m'amène à te parler de la raison pour laquelle je t'ai appelé, dit-elle en inspirant profondément.

— Oui, je t'écoute.

J'ai fait tournoyer l'alcool dans mon verre puis suis allé me laisser choir sur le canapé. La télécommande a rebondi sur un coussin avant d'atterrir au sol et je n'ai fait aucun effort pour la ramasser.

— Romie et moi allons nous marier dans quelques semaines. Tu es invité et tu as intérêt à venir. Je me fiche bien de ce que tu auras sur ton planning ce weekend-là, tu n'as pas le choix et tu devras le remettre à plus tard.

Cette fois-ci, elle ne rigolait plus.

J'ai avalé le reste de mon verre et je l'ai posé sur la table. Je l'avais fait doucement et pourtant, le verre se heurta bruyamment contre le dessus de la table en verre et le bruit me fit mal aux oreilles.

— Bien sûr que je serai là. Je ne raterais pour rien au monde le mariage de ma petite sœur.

Je commençais à me sentir un peu distant, ce qui voulait dire que la magie noire de l'alcool opérait à merveille. Et pourtant, je ne voulais pas qu'il continue à faire effet après tout ce que m'avait dit Alex. Je repensais encore aux subtilités de ses commentaires.

— Super. Alors je vais venir te rendre visite dans quelques jours. Ne t'inquiète pas, je t'appellerai avant de débarquer mais je te préviens, je compte venir très bientôt.

— Je pars demain en voyage d'affaires et je ne reviens que mardi soir. Arrange-toi pour venir mercredi ou plus tard, ou bien tu devras me rendre visite en Arizona.

J'ai ri comme si je venais de dire la meilleure blague du monde et j'ai compris à ce moment-là qu'il était temps de raccrocher avant que mon ami Jack ne me mette dans une situation encore plus embarrassante.

— D'accord, mercredi ou jeudi alors. Je t'appellerai. Je t'aime.

Ses mots commençaient à coller, comme si elle avait la bouche pâteuse et qu'elle ne contrôlait plus son élocution. Je ris à nouveau en l'imaginant, mais parvins à retenir ma respiration jusqu'à ce que le fou rire passe.

— Super, sœurette. Moi aussi, je t'aime. Passe le bonjour à Romie de ma part.

— Pas de souci, au revoir !

Elle raccrocha avant que je ne puisse répondre.

Je me suis dirigé vers la chambre et me suis arrêté un instant pour poser mon téléphone sur le chargeur avant d'aller rejoindre mon lit. J'avais l'impression que mes jambes étaient faites de plomb.

Je me suis allongé sur le matelas qui commençait à tourner et, à nouveau, j'ai passé en revue les suggestions et les commentaires d'Alex. Elle n'avait jamais été déviante avec moi comme l'avait parfois pu être ma mère. Je ne pensais pas qu'elle en soit capable, mais c'était une manie chez moi de toujours analyser les conseils que je recevais – et surtout lorsqu'il s'agissait de me conforter dans ce que je voulais faire. Je ne sais pas pourquoi, mais j'interprétais toujours cela comme un piège.

Et le visage de ma mère me venait à l'esprit. C'était toujours ma mère.

Alex avait raison, cependant. L'ancien moi n'aurait pas réfléchi à deux fois avant de séduire Susan. Je n'aurais pas hésité une seule seconde. J'ai ouvert les yeux et je me suis mis à regarder le plafond à nouveau. Il tournait un peu moins, mais ce n'était pas le cas du lit.

J'ai grommelé et me suis assis sur le bord du lit en prenant soin d'ancrer mes pieds au sol. À travers cette brume alcoolisée, je savais pourtant sans l'ombre d'un doute ce que je désirais.

Et ce que je voulais, c'était Susan Marley.

Lorsque ma tête s'est arrêtée de tourner, je me suis levé. Le sol ne se montrait pas très coopératif, mais je pus quand même attraper mon téléphone. Une fois revenu au lit, j'ai envoyé un message à Susan.

J'ai passé un super moment ce soir et c'était très sexy de te voir avec cet appareil photo. J'ai aussi apprécié que tu tombes sur moi. Je rêverai de toi portant cette robe jusqu'à mon retour. J'aimerais te revoir très bientôt. On dîne chez moi mercredi soir ?

J'ai rajouté un de ces émojis qui fait un clin d'œil entre la dernière phrase et mon invitation. Et puis, après avoir attendu cinq minutes dans l'espoir de recevoir une réponse, je me suis installé contre ma tête de lit, le dos appuyé sur un oreiller.

J'ai fini par m'endormir dans cette position.

Chapitre 15

Susan

Le texto de Nate m'avait laissée perplexe et confuse. Il ne s'était jamais montré aussi allumeur dans ses messages écrits auparavant. Il n'avait jamais essayé de me draguer par texto par le passé. C'était tellement étrange que j'en suis même arrivée à me demander si c'était bien lui qui était l'auteur de ce message. C'est d'ailleurs pour ça que je ne lui ai pas répondu. J'ai préféré y réfléchir et suis allée me coucher. Le lendemain matin, je me suis réveillée de bonne heure et, en me levant, j'ai consulté ce message à nouveau.

Débordante d'énergie et incapable de retourner me coucher, j'ai décidé d'aller me doucher. Ensuite, une fois habillée, j'ai lu le message à nouveau. Étais-je en train de lire entre les lignes et de me faire des idées ? Pourquoi s'était-il retenu de m'embrasser ? Pourquoi m'avoir raccompagnée pour ensuite m'envoyer un texto pour me draguer et me dire combien il s'était amusé ? Et puis, me dire que j'étais sexy avec un appareil photo… non, c'était vraiment trop bizarre.

J'ai éteint l'écran, jeté le portable sur mon lit et me suis brossé les cheveux. Il fallait que je sorte d'ici, que je cesse de penser à lui et d'imaginer tous ces possibles scénarios dans ma tête. Anna était déjà debout, elle aussi. Elle devait être en train de se préparer pour aller au travail, alors je savais que d'ici quelques minutes, j'allais me retrouver seule. J'aurais du mal à chasser ces pensées si je restais toute seule.

La porte claqua pour me prévenir du départ d'Anna. J'ai pris mon sac à main et mes clés, je me suis penchée pour prendre mon téléphone qui était sur le lit. Il se mit à gazouiller car je venais de recevoir un texto, et je faillis presque le laisser tomber.

C'était un autre message de la part de Nate qui disait : *Retrouve-moi au bureau. Je suis super en retard.* Je lui répondis que j'étais d'accord et j'ai quitté la pièce à toute allure.

Dans ma voiture, toutes sortes de scénarios traversèrent mon esprit. Son voyage d'affaires avait dû être annulé à la dernière minute ou bien il était en retard pour se rendre à l'aéroport. Sa mère avait compris notre petit manège et il n'avait plus besoin de moi pour interpréter le rôle de la petite amie attentionnée.

Des milliers d'autres choses se bousculaient dans ma tête alors que je courais en direction de l'arrêt de bus. Peu importe ce qu'il se passait, ça serait plus rapide pour moi de me rendre à son bureau en prenant le bus qu'en conduisant. C'est l'une des choses auxquelles je n'avais jamais réellement pu m'habituer.

En Pennsylvanie, on prenait toujours la voiture. À New York, je ne conduisais presque plus. Les rues étaient tellement gorgées de circulation qu'il était quasiment impossible de naviguer dans la ville en respectant des délais raisonnables.

Quand le bus me déposa à quelques blocs de son bureau, je fus prise de panique. Est-ce que son invitation à dîner ne serait pas un prétexte pour m'annoncer qu'il n'avait plus besoin de mes services ?

Je suis arrivée dans le lobby avant Nate. Je suis allée l'attendre entre les ascenseurs, au milieu d'une petite salle d'attente où seulement quelques sièges étaient occupés. Les escaliers se trouvaient de l'autre côté, donc il n'y avait aucune chance qu'il passe devant moi sans que nous nous apercevions.

Je m'étais adossée contre le mur, un maelstrom de pensées tourbillonnait dans ma tête et je n'avais pas remarqué qu'Avery m'avait vue en sortant de l'ascenseur. Il se tenait à un mètre de moi quand je le reconnus enfin. Il affichait un petit sourire arrogant et était clairement en train de me reluquer, de la tête aux pieds. Mon cœur s'arrêta de battre et un sentiment de colère monta en moi.

— Eh bien, regardez qui est là. Pauvre petite Susan, tu viens me trouver maintenant que ta carrière de serveuse a touché à sa fin, hein ?

Il inclina sa tête sur le côté et se mit à ricaner, sarcastiquement.

J'ai croisé les bras et l'ai foudroyé du regard :

— Non, Avery, tu te trompes. Et maintenant, dégage, je suis venue voir quelqu'un d'autre.

J'ai jeté un œil sur le petit groupe de personnes qui entrait et cherché Nate du regard.

— Oh, tu croyais vraiment que j'allais revenir vers toi les bras ouverts ?

Il ricana de plus belle.

— Je ne crois pas, non. J'ai eu de meilleurs coups avec des filles qui venaient des bas quartiers. C'est toi qui devrais songer à dégager avant que je n'appelle le service de Sécurité et qu'on te foute dehors.

Il se pencha vers moi et me chuchota à l'oreille, comme s'il était sur le point de partager avec moi un secret de la plus haute importance :

— Tu sais, ils n'aiment pas trop les prostituées, ici.

— Il me fit un clin d'œil, baissa sa main et se redressa.

— Au fait, comment se porte ton genou depuis cette fameuse soirée, tu sais ? dit-il en prononçant ces paroles assez fort pour que d'autres personnes les entendent et se tournent vers nous. Tu sais, quand tu t'es mise à genoux pour moi, chez Harvill's ?

Il se mit à rire de nouveau et se retourna pour voir qui l'avait entendu.

— Avery, ferme-la. Je t'ai dit que je n'étais pas venue ici pour te voir. Je peux t'assurer que ça serait pour moi un grand bonheur de ne plus jamais avoir à recroiser ton chemin.

Et puis, j'ai aperçu Nate, dépassant les quelques personnes qui s'apprêtaient à entrer dans le bâtiment.

— Mais bien sûr. Tu m'en veux encore parce que je t'ai dit de dégager ? Je comprends, mais il ne se passe rien entre nous et je voudrais bien que tu arrêtes de me parler sur ce ton.

Encore une fois, il fit exprès de hausser la voix pour que les gens se retournent vers nous et que quelques-uns me dévisagent avec pitié.

Nate se rapprochait de moi et j'ai agi instinctivement, sans réfléchir. Je me suis avancée vers lui, l'ai attrapé par le devant de sa veste et l'ai attiré contre moi pour l'embrasser. J'ai porté tout le poids de mon corps contre lui et l'ai entraîné avec moi contre le mur. Le baiser s'intensifia et je continuai à titiller ses lèvres avec ma langue, jusqu'à ce qu'il cède et que nos langues s'enlacent, érotiquement.

Mes mains ne m'obéissaient plus et heureusement, elles décidèrent de grimper le long de son torse pour aller se nouer derrière son cou plutôt que d'aller se balader en dessous de sa ceinture. Après ce long baiser excitant, qui me confirma qu'une passion tout aussi grande brûlait en lui, je fis un pas en arrière puis je le regardai dans les yeux.

Je pouvais entendre Avery bredouiller en bruit de fond, « Mais, que se… que se passe-t-il ? »

Nate se tourna vers lui, mais je posai mes mains sur son visage pour ramener son attention vers moi.

— Emmène-moi chez toi, Nate.

L'expression choquée qu'il affichait sur son visage fut vite remplacée par un désir aveugle et il hocha la tête.

— Tout ce que tu veux, Susan.

Les bruits dans ce lobby bondé s'évanouirent., Avery disparut mais pas avant que j'eusse le plaisir de le voir devenir rouge comme une betterave et battre en retraite. Il n'y avait plus que Nate, moi et notre désir mutuel de nous appartenir.

Vouloir se frayer un chemin à contrecourant d'une foule, au beau milieu de l'afflux d'arrivée de personnes en ce milieu de matinée, fut beaucoup plus difficile que ce que je ne pensais. Nate me tenait par la main, fermement, pendant qu'il ouvrait le pas. Sa stature imposante nous permit de nous faufiler tant bien que mal à travers le lobby et nous pûmes finalement quitter le bâtiment. La densité de la foule de passants sur le trottoir nous forçait à les suivre ou à nous plaquer contre le mur alors qu'ils passaient devant nous.

En riant, il m'attira contre lui, posa un bras protecteur par-dessus mes épaules et nous plongeâmes dans cette marée de corps qui avançaient tous d'un pas pressé.

— Il vient de se passer quoi, exactement ? Est-ce que c'est parce qu'Avery était encore en train de t'agresser ?

Il posa son regard sur le mien.

— Non, sa présence n'explique pas vraiment mon comportement. On va dire que c'est la petite goutte qui a fait déborder le vase.

Son bras posé sur mes épaules me réconfortait et m'excitait à la fois. Il était fort, massif et me protégeait.

— J'ai peur de ne pas très bien comprendre.

Il m'attira vers la gauche puis nous tournâmes, sans doute pour aller rejoindre son véhicule.

— Ça fait un moment que j'avais envie de le faire, mais je n'en avais jamais eu le courage. Et puis hier, quand tu…

Il s'arrêta brusquement, se planta devant moi et me pressa contre sa poitrine, m'attirant vers sa bouche pour un autre baiser. Il fit le premier pas, sa langue découvrant ma bouche, et je me mis à pousser des petits gémissements, ignorant les passants qui nous contournaient. Notre baiser prit fin lorsqu'un homme nous siffla.

Sans voix, j'ai plongé dans les yeux sombres de Nate. Il n'avait pas besoin de dire quoi que ce soit. Je pouvais sentir dans ce baiser le désir et l'amour qu'il éprouvait pour moi. Il me prit à nouveau par la main et me conduisit sans dire un mot jusqu'à sa voiture. Aucun de nous ne prononça un seul mot lorsque nous prîmes place à l'intérieur. C'était inutile. Nous savions très bien pourquoi nous étions en route vers son appartement.

Dans l'ascenseur, nous eûmes toutes les peines du monde à ne pas nous toucher. Sur le palier, il dut s'y prendre par deux fois pour ouvrir la serrure et fit tomber ses clés. Je les ramassai puis pris sa place pour ouvrir la porte, ce que je réussis à faire du premier coup.

Il arracha la clé de la serrure, ferma la porte d'un coup de pied, lança la clé sur la table, rata son coup mais continua d'avancer, en me tenant par un bras et en continuant de m'embrasser.

Entre le bas des escaliers et la chambre, j'avais enlevé mes chaussures et posé mon sac ; lui avait ôté sa veste, sa cravate et ses chaussures.

J'ai déboutonné sa chemise et l'ai retirée de ses pantalons pendant qu'il se débattait avec ma blouse. Nous nous sommes fondus l'un dans l'autre, partageant des moments passionnés durant lesquels nous nous embrassions et laissions nos mains vagabonder sur le corps de l'autre, tout en essayant de quitter le reste de nos vêtements.

J'ai embrassé son cou, j'ai repoussé sa chemise sur ses bras et il s'est mis à gémir. J'ai laissé glisser ma langue sur sa peau si douce, juste au-dessus de sa clavicule et ai continué de baisser sa chemise. Au fur et à mesure que j'avançais, j'immobilisais sa main chaque fois qu'il essayait de m'attraper. Sur la pointe des pieds, j'ai passé ma langue sur sa lèvre inférieure et l'ai légèrement mordillée alors que je commençais à m'intéresser de nouveau à son cou. Sa respiration était de plus en plus rapide et de plus en plus profonde. Son membre dur venait se frotter contre mon bas-ventre et je me suis collée contre lui, provoquant un autre gémissement.

Il se débarrassa de sa chemise qui était encore accrochée à son bras et la fit voler sur le côté, se pencha vers moi, m'attira contre lui et se mit lui aussi à mordiller mon cou, puis se mit à descendre vers mon décolleté. Dès qu'il eut passé sa langue sur le haut de mon sein, je savais que j'étais cuite. J'étais comme de la pâte à modeler dans ses mains. J'aurais fait n'importe quoi.

J'ai ôté sa ceinture et défait le bouton de son pantalon un peu brutalement, puis j'ai baissé sa braguette. Son pantalon est tombé à terre et il l'a enlevé.

Il m'a repoussée pour me garder à bout de bras et m'a retenue.

— Tu es sûre de toi, Susan ? Si nous continuons, je ne peux pas te promettre que je serai capable de m'arrêter. J'ai tellement envie de toi que j'en ai mal.

Je défis mon soutien-gorge pour seule réponse et le laissai tomber au sol, à côté de son pantalon. Je ne me souviens plus à quel moment ou comment il se retrouva complètement nu, mais c'est à ce moment-là qu'il me conduisit jusqu'au bord de son lit et qu'il prit l'un de mes mamelons dans sa bouche, pendant qu'il malaxait l'autre entre son doigt et son pouce. Pour être parfaitement honnête, je ne me souviens pas non plus quitter mon bas de sous-vêtement.

Nous étions nus, sur le lit. Son corps musclé et bronzé, étincelant comme celui d'un dieu grec, un profond désir brûlant dans ses yeux que je comprenais très bien et qui miroitait dans les miens aussi, j'en suis sûre.

Je n'avais jamais autant désiré qu'un homme me prenne comme c'était le cas à cet instant.

Il était plus que bien doté. Il m'avait clouée sur le lit et je pouvais sentir sa queue brûlante vibrer contre ma cuisse. Il embrassait mes lèvres, mon cou et mes seins et continua jusqu'à ce la petite catin qui sommeillait en moi le suppliât de me prendre, de pouvoir enfin lui appartenir.

Mes prières haletantes tombèrent dans l'oreille d'un sourd, car il préféra m'exciter avec sa langue, ses dents, et s'entêta jusqu'à ce que je sois sur le point de hurler de désir. Il naviguait entre mes jambes, l'excitation nous rendant collants tous les deux, il s'arrêtait puis reprenait de plus belle en s'affairant autour de mon sexe. D'abord avec sa queue, puis avec sa main, m'emmenant aux portes du plaisir que je convoitais tant. Alors que j'étais sur le point de jouir, il m'a pénétrée, encore et encore, jusqu'à ce que j'atteigne l'orgasme, mais ce n'était que le début. Nous étions tous les deux couverts de sueur et j'ai pu jouir à de multiples reprises avant qu'il ne me rejoigne dans l'orgasme.

Nous avons dérivé, ensemble, à travers ces instants de plaisir résiduel, puis nous sommes revenus à la réalité. La respiration régulière et calme, nos yeux sont devenus lourds, nos membres fatigués et nous avons sombré dans le sommeil, ne faisant qu'un avec l'autre, comme si nos corps et nos esprits avaient fusionné.

Nous nous sommes réveillés quelques heures plus tard. Je ne me souviens plus qui a ouvert les yeux en premier, mais nous étions tous les deux désireux de donner du plaisir à l'autre alors que les rayons du soleil d'une fin d'après-midi traversaient la fenêtre.

Puis, nous avons somnolé un peu avant de décider que nous étions trop affamés pour continuer notre sieste et nous nous sommes rendus dans la cuisine, à moitié habillés, pour y préparer des sandwiches.

— Et ton voyage d'affaires ? Il a été annulé ? demandai-je.

— J'ai trouvé quelque chose de mieux à faire pour passer le temps. Je l'ai reporté.

Il me lança un clin d'œil en hochant la tête.

— Je suis plus que ravie que tu aies trouvé mieux pour t'occuper, gloussai-je. Mais cela ne va-t-il pas porter préjudice à tes affaires ? Enfin, je veux dire, de repousser ce voyage ?

Il haussa les épaules.

— Ce n'est pas comme si je ne pouvais pas trouver une solution. Crois-moi, ça en valait le coup. Si c'était à refaire, je le referais sans hésiter.

Il fit glisser sa main jusqu'en haut de ma cuisse.

— Je le referais et je le referais encore.

Je lui ai donné une petite tape sur la main.

— N'exagère pas, à t'entendre, ça ne fait que trois fois. Ça ne semble pas être assez, lui dis-je pour le taquiner, les lèvres retroussées.

Il jeta le reste de son sandwich dans son assiette, se leva et m'attira dans ses bras.

— Et encore, jusqu'à la fin de l'éternité. Tu es prête à remettre ça maintenant ?

Je rigolai tout en feignant de lui donner des coups sur la poitrine.

— Espèce d'obsédé ! Lâche-moi, crapule !

Il me prit encore plus fort dans ses bras et enfouit à nouveau sa bouche entre mes seins. Son érection était notable. L'espace d'un instant, j'eus le souffle coupé, puis je commençai à passer mes doigts dans ses cheveux, je rejetai la tête en arrière et je me laissai consumer par ces plaisirs préliminaires, une fois de plus.

Chapitre 16

Susan

Après avoir passé ce qui ressemblait pour moi au plus beau jour de ma vie, Nate et moi nous sommes endormis un peu après minuit. Je somnolais tout en pensant que je ne pourrais vraisemblablement pas marcher droit pendant au moins une semaine. Mais, pour citer mon nouvel amant, « Cela en valait vraiment la peine ».

Le lendemain, je me suis réveillée, paisible et langoureuse, peu après le lever du soleil. Je me suis mise sur le dos et ai observé ce qui m'entourait, juste pour m'assurer que tout ça n'avait pas été qu'un simple rêve érotique. Nate s'est mis à bouger près de moi. Toutes les petites lignes de fatigue avaient disparu et j'aurais aimé pouvoir prendre une photo de lui, si tranquille.

Je me suis légèrement étirée et ai compris que je n'avais pas besoin de me demander si j'avais rêvé ou non. J'avais mal à des endroits que je n'avais jamais suspectés pouvoir provoquer autant de douleurs. J'ai grommelé et Nate s'est mis à bouger une nouvelle fois. Cette fois-ci, il ouvrit les yeux. Il se mit à sourire spontanément et se releva sur un coude.

— Bonjour, sexy.

Il se pencha vers moi et m'embrassa, en serrant un peu ma poitrine.

J'ai sursauté un peu à son toucher et me suis mise à rire.

— Bonjour, bel amant.

— Je t'ai fait mal ?

Il avait plissé son sourcil, inquiet.

— Non, c'est juste que j'ai un peu mal ce matin. Mais tu n'as rien fait de mal, crois-moi.

Il rit et se leva.

— Quelques petites douleurs pour te rappeler ces instants de pur bonheur.

— Eh bien, je crois que je vais m'en souvenir à chaque foulée.

Je fis un effort pour me mettre en position assise, grimaçant à cause de la douleur, mais le sourire aux lèvres parce que je savais ce qui l'avait provoquée.

Il se mit à rigoler et je lui tapai le dos avec un coussin.

— C'est facile pour toi d'en rire. Ce n'est pas toi qui vas marcher toute la journée comme si tu avais les deux jambes cassées. Tu crois que les gens font autant l'amour pendant leur lune de miel ?

— Je n'en ai aucune idée mais j'espère bien.

Il contourna le lit et m'offrit ses mains pour m'aider à me relever. Je m'y accrochai.

— Pourquoi n'irais-tu pas prendre ta douche pendant que je prépare le petit-déjeuner ? On verra ensuite ce que je peux faire pour t'aider avec tes petites douleurs.

Il fit glisser ses mains le long de mon dos et prit mes fesses dans ses mains.

— Ton plan de petit-déjeuner s'annonce merveilleux. Par contre, en ce qui concerne le reste, j'ai plus de doutes.

Je fis un pas en arrière et les muscles de mes cuisses étaient tout endoloris, sans parler de la douleur que je ressentais un peu plus au nord. C'est que son sexe était énorme et remettre ça pourrait très bien sonner le glas pour moi.

— Je te laisse décider.

Il me donna une petite claque sur les fesses alors que je prenais le chemin de la salle de bain.

— Si tu ne pars pas en voyage d'affaires, ne devrais-tu pas te rendre au travail ? lui demandai-je, en lui souriant et en me déhanchant sensuellement, le sourcil remonté.

— Je peux passer un coup de fil et rester à la maison si tu continues à me chauffer comme ça.

Il s'avança vers moi pour m'attraper en faisant des petits grognements et en faisant danser ses sourcils, du haut vers le bas.

J'ai éclaté de rire et ai lancé un petit cri aigu avant de courir vers la salle de bain et d'y fermer la porte.

— Attends ce soir, alors ! lançai-je à travers la porte.

Il rit lui aussi et me donna raison.

— Descends dans la cuisine quand tu auras fini, je vais nous préparer un petit-déjeuner.

Je n'avais même pas pu répondre qu'il était déjà parti.

Le petit-déjeuner était bon, même si le bacon était un peu trop cuit. On a plaisanté de nos aptitudes culinaires tout en dévorant nos assiettes. Ça faisait du bien de pouvoir rire avec lui après une nuit si intense, ponctuée d'ébats sexuels si délicieux. Il n'y avait aucune gêne entre nous et c'est comme si rien n'avait changé. Nous étions deux amis et nous étions aussi amants, en train de profiter d'un petit-déjeuner avant de se rendre au boulot. Il engloutit une bouchée de bacon qui était trop grillée. Lorsqu'il se mit à mâcher, cela fit beaucoup de bruit et nous nous remîmes à rire.

— Je l'ai oublié sur le feu parce que ma sœur m'a appelé et que j'ai été distrait. Je rejette toute la faute sur Alexandria.

Il reposa le reste du bacon dans son assiette et se tourna vers le jus d'orange. Il posa son verre et poursuivit :

— Au fait, elle vient dîner ce soir. On avait prévu ça pour la semaine prochaine, mais étant donné que mes plans ont changé, elle a insisté pour venir ce soir. Ça me ferait super plaisir si tu pouvais te joindre à nous. On pourrait bavarder et revisiter nos souvenirs au ranch, parler de nos projets pour le futur.

Il leva un sourcil et me prit la main.

— Alors, qu'en dis-tu ? Tu viendras ?

— Tu veux vraiment que je vienne ? Je veux dire par là qu'elle n'est pas ta mère. Dois-je, elle aussi, la duper ?

J'étais un peu confuse quant à la nature de notre relation. On venait de vivre une merveilleuse incursion dans une zone totalement différente de notre relation, un univers qui n'avait rien à voir avec notre accord professionnel, alors je devais en avoir le cœur net : je devais savoir ce qu'il attendait de moi avant de m'y aventurer à nouveau et lui donner mon accord.

— Non, on n'essaye pas de duper Alex. De toute façon, elle a pour habitude de lire à travers les lignes et de repérer quand j'essaye de la gruger. D'ailleurs, elle n'hésite pas à me le faire savoir de façon brutale. Mais elle n'est pas aussi remplie de préjugés et aussi superficielle que peut l'être notre mère. En fait, elle aussi endure le même traitement que moi et elle essaye de ne pas reproduire le même schéma en adoptant le comportement inverse.

Il lâcha ma main.

— Si tu préfères ne pas venir, je comprendrais tout à fait, mais je t'avoue que je serais super content si tu décidais de te joindre à nous.

Avant même de savoir quoi lui répondre, j'étais déjà en train de hocher la tête. Ce fut un moment important pour moi, car je venais de réaliser que j'étais tombée amoureuse de Nate, alors que je m'étais promis de ne pas le faire et de me dire que tout ça n'était qu'un béguin passager. Mais voilà, c'était arrivé. C'était grandeur nature, ça me contrôlait tout entière. J'ai plongé mon regard dans ses grands yeux marron, je me suis faite bercée par sa voix grave de velours et, face à cette manifestation de désir ou devrais-je oser dire, d'amour, je n'ai pas pu résister.

Ce soir-là, nous nous sommes retrouvés au Bar None, un endroit très chic où seules les personnes riches avaient l'habitude de se rendre. Ça ne ressemblait en rien aux bars où j'allais traîner : c'était spacieux, bien éclairé, il y avait des musiciens qui jouaient une espèce de musique techno-pop bizarre et les prix de leurs boissons étaient tellement exorbitants que je tremblais à l'idée de consulter leur menu.

Alexandria était la même, simplement était-elle un peu plus raffinée, un peu plus élégante. Et pourtant, quelque chose en elle semblait avoir changé, même si je n'arrivais pas à savoir exactement ce que c'était. Elle affichait toujours le même sourire éclatant et sincère, identique à celui qu'elle me lançait il y a des années. Ses cheveux étaient lisses, foncés et exotiques, cascadant avec grâce jusqu'au niveau de sa taille, telle une somptueuse crinière parsemée de quelques mèches plus claires. Son apparente jeunesse n'avait en rien diminué.

Avant que Nate ne puisse finir de nous présenter, les yeux d'Alexandria s'écarquillèrent car elle m'avait reconnue. Elle resta bouche bée, puis se leva en m'ouvrant ses bras et prononça mon nom, avant de me serrer fort contre elle.

— Susan, c'est vraiment toi ! Je ne t'ai pas vue depuis…

Elle s'arrêta, me tenant du bout des bras, comme si elle était en train de réfléchir.

— … bien trop longtemps ! dis-je, pour finir sa phrase.

Nous tombâmes à nouveau dans les bras de l'autre et je me sentis complètement acceptée. Comme lorsque nous étions enfants.

Avec nos boissons hors de prix et nos grillades qui ne valaient pas mieux que celles que l'on servait dans un bar ordinaire, nous avons ri, bu et mangé. « Le bon vieux temps », comme Nate s'amusait à l'appeler, ne semblait pas si distant que ça. Nous parlions de nos longs étés passés au ranch comme si c'était hier. Les champs à perte de vue et les collines offraient aux enfants toutes les possibilités d'aventures dont ils pouvaient rêver.

— Tu te souviens de ce truc auquel on jouait et qui dévoilait notre futur ? demanda-t-elle.

Je me suis mise à hocher la tête.

— Oui ! J'avais complètement oublié ce jeu. Toi, tu allais te marier avec un homme célèbre et avoir deux enfants, dis-je en riant, la main sur ma bouche.

— Attends, attends, attends un peu.

Nate leva la main et se pencha vers nous pour nous interrompre.

— Vous jouiez à lire votre bonne fortune ? Sérieusement ?

Il nous dévisageait, l'air amusé. Alexandria s'arrêta de rire, se racla la gorge et tenta de prendre un air à demi sérieux.

— Oui, tout à fait.

Elle me regarda.

— Quel âge avions-nous ? Treize, quatorze ans ?

— Oui, nous n'étions que des gosses, Nate.

Le fou rire menaçait de reprendre, car j'étais en train de repenser à la fois où nous avions essayé de voir qui de nous deux aurait le pire futur.

— Mais, vous vous ennuyiez à ce point ?

Nate se rassit, avec un grand sourire aux lèvres.

— Et toi, Susan ? Qu'est-ce qu'on t'avait prédit ?

Je me suis mise à rougir et j'ai lancé un regard inquiet en direction d'Alex. J'ai secoué la tête alors qu'elle hochait la sienne.

— Alexandria, tu n'as pas intérêt !

— Oh, mais bien sûr que si, tu as dévoilé mes prédictions.

— Mais c'était une version parmi tant d'autres. Je sais très bien ce que tu vas dire. S'il te plaît, ne le fais pas.

Je l'ai suppliée des yeux en espérant qu'elle ne le ferait pas, mais sachant pertinemment qu'elle allait tout déballer.

— Alors, la prédiction la plus fréquente était qu'elle allait se marier avec un homme beau et riche et qu'elle aurait trois enfants avec lui.

Elle se tourna vers moi à nouveau.

— Voilà, tu es contente ? Je ne lui pas dit que le nom de cet homme était « Nate ». Ça te convient ?

Elle éclata de rire en prenant sa boisson dans les mains avant de l'engloutir rapidement.

Choquée, je regardai Nate. Il me sourit mais ne dit rien. Je ne savais pas si je devais être furieuse ou laisser tomber le sujet. Ça s'était passé il y a tellement longtemps, nous n'étions alors que des enfants. Cela ne devrait dont avoir aucune importance maintenant que j'étais adulte.

J'ai haussé les épaules en direction de Nate et lui ai fourni l'explication suivante :

— Nous étions vraiment jeunes et c'était juste un jeu débile auquel jouaient toutes les petites filles à l'école.

— C'est tellement mieux que de jouer à la marelle ou à la corde à sauter, s'exclama Alex.

Nate passa commande pour un autre round de boissons et j'étais bien contente, car j'en avais vraiment besoin.

— Alors, dit Alex en me regardant, c'est quoi ton plan pour le futur ? Quel genre de boulot vas-tu faire ?

Ouf ! Un changement de sujet des plus bienvenus pour que la soirée se poursuive agréablement.

— Je veux devenir photographe.

— Non, elle ne va pas devenir photographe, elle est déjà photographe, sœurette. Tu devrais voir son travail.

Il se mit à gesticuler dans tous les sens.

— C'est beau, artistique, chargé en émotions. Elle est vraiment douée pour ça. Elle est faite pour ça. Elle a déjà un site web. On va le mettre en ligne avant la fin de la semaine prochaine pour que sa carrière puisse enfin décoller.

Alex ouvrit les yeux en grand.

— Vraiment ? Mais c'est fantastique ! J'ai le souvenir de te voir prendre des photos tout le temps. Celles que tu prenais à l'époque étaient déjà très belles.

Je me suis mise à rougir fortement, puis ai dit :

— Merci. Je ne sais pas si je suis douée ou non, mais je veux essayer de mon mieux. C'est ma passion.

J'ai souri à Nate en guise de remerciement silencieux, pour son aide et pour toute la confiance qu'il accordait à mon travail.

— Susan ?

Elle fit glisser son verre sur le côté et posa ses coudes sur la table, son visage devint sérieux.

— Oui ?

— Que dirais-tu si je t'embauchais comme photographe officielle pour mon mariage ? C'est une cérémonie très privée qui comptera un petit cercle fermé d'invités triés sur le volet. Bien entendu, les photos devront rester confidentielles. C'est pour cela qu'il me faut une personne de confiance. Je ne veux pas faire affaire avec un photographe que je ne connais pas, même en lui faisant signer un contrat de confidentialité. Après tout, ce n'est qu'une feuille de papier et ça ne me garantit aucunement que cette personne ne vendra pas mes photos. Tu en penses quoi ? Est-ce que tu pourrais devenir ma photographe attitrée ?

J'ai essayé de prononcer une réponse mais pour un instant aucun mot ne sortit.

— Alexandria, dis-je enfin, c'est une merveilleuse proposition, mais tu en es sûre ? Enfin, je veux dire, ne préfèrerais-tu pas embaucher quelqu'un avec plus d'expérience pour ce projet ?

Mon cœur se mit à trembler, c'était la proposition la plus importante qui puisse m'être faite, si tôt, dans ma carrière de photographe.

Elle secoua la tête.

— On se connaît depuis la nuit des temps et je pense que tu es la candidate idéale pour ce travail. Tu comprends parfaitement les paramètres délicats que notre vie nous impose, dit-elle en les pointant du doigt, elle et son frère, Nate. Le mariage aura lieu dans un endroit tenu secret : pas de presse, pas de journalistes, aucune fuite possible pour éviter que ces informations ne deviennent publiques. Deux des plus riches familles du pays, unies par un mariage… disons que ça attirerait sûrement une foule de paparazzis. Romie et moi ne voulons pas de ça.

Je me suis mise à bredouiller de nouveau, ne sachant pas quoi lui répondre.

Nate me tapota le genou.

— Elle le fera, Alex. Je peux et je me porterai garant de son professionnalisme. Elle est capable de capturer l'essence des émotions qui sont présentes dans une scène et elle fait partie de ceux qui le font le mieux. Elle peut prendre une photo d'une statue et te faire monter les larmes aux yeux. Elle prend en photo des couchers de soleil qui sont à te couper le souffle. Les portraits des sans-domicile fixe retranscrivent toutes leurs souffrances et leur stress quotidien avec un seul regard, une seule expression du visage. Elle arrive à capturer l'âme des gens avec son appareil photo.

Il me regarda à nouveau.

— Elle le fera et tu n'auras pas à te faire de souci : aucun paparazzi ne viendra vous harceler ou vous gâcher votre lune de miel.

Ses mots et la sincérité dont ils étaient imprégnés me touchaient énormément. Il ne se rendait pas compte à quel point cela m'émouvait et m'affectait. Si j'avais encore des doutes au sujet de l'amour que je ressentais pour lui, ils disparurent pour de bon à cet instant-là.

— Si telle est ton opinion, alors je lui fais entièrement confiance. Allez, Susan, dis « oui » !

Elle prit l'une de mes mains dans les siennes.

— Seras-tu ma photographe de mariage ?

— J'en serais honorée, Alexandria. Oui, je vais le faire. Et je te promets que tout cela restera confidentiel. Les clichés que je prendrai ne seront que pour vous.

J'ai souri, incapable de faire autrement.

— Super !

Elle me lâcha la main.

— D'accord, Nate connaît l'adresse. Tu peux venir avec lui, si tu veux.

Tout excitée, j'ai hoché la tête.

— C'est une très bonne idée, enfin, si Nate est d'accord.

Je l'ai regardé, un peu dubitative.

— Évidemment. Ça sera comme ça et pas autrement.

Il sourit, se pencha en avant et ses mains touchèrent ma cuisse, sous la table. Il la serra et me lança un clin d'œil.

— Génial ! Bon, c'est le 15. N'oublie pas d'arriver en avance, Nate Talbot. Elle aura besoin de temps pour se familiariser avec cet endroit et pour monter tout son équipement.

Elle hocha la tête vers moi.

— Pas vrai ?

Je lui fis signe que oui.

— C'est dans deux petites semaines, dit Nate.

— Je sais, j'ai trop hâte. Je suis tellement excitée. Cela fait des mois que Romie et moi parlons de ça, préparons tout, échangeons des idées, changeons d'avis. Nous n'avons pas fait appel à un organisateur de mariage, car nous pensions que ça serait mieux de tout faire tous seuls et à notre goût.

Elle souffla puis leva sa main en l'air.

— Eh bien, laissez-moi vous dire une chose… ce fut la pire des idées ! J'en suis même venue à me demander si nous allions divorcer avant même de nous être mariés.

Mon esprit tourna à cent à l'heure le reste de la soirée. Nous avons parlé librement, comme le feraient les meilleurs amis de monde, malgré que nous ayons été séparés pendant des années. Jusqu'à présent, je n'avais pas réalisé à quel point Alex m'avait manqué. Enfants, nous partagions un lien quasi fraternel et, en l'espace de quelques heures, ce dernier avait refait surface.

Une fois rentrée chez Nate, j'ai rapidement enfilé mon pyjama, pensant qu'il serait mieux que j'aille cuver mon vin et dormir dans la chambre d'amis. Nate ne fut pas d'accord et il vint m'annoncer que c'était une très mauvaise idée.

Il se glissa à côté de moi dans le lit, commença à me faire des câlins et à m'embrasser dans le cou.

— Tu sais, je connais un moyen radical pour dessaouler.

Il prit mon sein dans sa main, à travers le tissu fin de mon pyjama.

— Vraiment ?

Mon corps réagit instantanément à ses caresses et je vins me coller encore plus fort contre lui.

— Oui, en fait, il s'agit de pratiquer une activité physique, de transpirer beaucoup, de faire monter le rythme cardiaque et d'évacuer le stress par des vocalises. Ça te dit ?

Il se mit à grignoter le lobe de mon oreille.

— Disons que je ne suis pas franchement d'humeur à aller faire le tour du pâté de maisons en courant, dis-je en rigolant alors que son visage se paralysa, visiblement sous le choc.

— Courir ?

L'étonnement dans sa voix était presque comique.

— Oh, ce n'est pas ce que tu avais en tête ? Activité physique, transpiration, rythme cardiaque accéléré, vocalises ? Bon, je n'ai pas trop envie de faire de musculation non plus.

J'ai secoué la tête et je me suis mordu la lèvre inférieure pour me retenir d'éclater de rire alors qu'il continuait de me fixer.

Puis, il réalisa enfin que je le faisais exprès et il se mit à grommeler.

— Je commençais à me dire que j'étais encore plus bourré que je ne le croyais.

Puis, il se remit aux préliminaires, en grognant de plaisir.

Une heure plus tard, je dus reconnaître que son remède miracle avait fonctionné. Tous les effets de l'alcool avaient disparu et je me sentais apaisée, contente mais également incroyablement fatiguée. C'était ce genre de fatigue « agréable », celle qu'on ne ressent qu'après avoir fait l'amour avec la personne que l'on aime vraiment.

Cette nuit-là, nous avons fini par dormir dans le lit, plus petit, de la chambre d'ami.

Le lendemain matin, il me prépara encore une fois mon petit-déjeuner. Pendant que nous mangions, il m'informa qu'il serait absent la grande majorité des deux semaines à venir, à la suite du voyage d'affaires qu'il avait annulé. Je n'aimais pas trop ça, mais c'était son travail et il avait repoussé ce voyage d'affaires à cause de moi.

— Tu peux venir ici quand tu veux. Ça ne me dérange pas du tout. L'idée que tu puisses dormir ici dans mon lit est plutôt excitante.

Il m'embrassa passionnément.

— Je crois que je vais aller passer un peu de temps avec Anna dans notre appartement. Je voudrais qu'elle m'accompagne pour que je puisse trouver une robe pour le mariage. J'ai aussi besoin d'acheter d'autres petites choses, mais je te remercie de me l'avoir proposé.

Puis, nous nous sommes rendus à l'étage, y avons pris nos douches dans deux salles de bain différentes. Il devait être à l'aéroport dans quelques heures et je devais bosser sur le site web. Il était sur le point de lancer une énorme campagne publicitaire dans deux jours, depuis l'Arizona, ce qui doublerait sûrement mon volume de travail. Je voulais que tout soit parfait lorsque la campagne débuterait.

Chapitre 17

Susan

Faire les magasins pour trouver une robe à porter pour un mariage secret qui unirait deux des familles les plus riches du pays ne fut pas si compliqué que ça, étant donné la somme d'argent dont je disposais et que j'avais pu économiser. À présent, je n'avais plus besoin d'aller dans des magasins bon marché. Je conduisis volontiers jusqu'à une zone commerciale très huppée où se trouvaient les magasins les plus chers de la ville.

— Susan, pourquoi vas-tu faire les magasins dans ce quartier chic ? C'est là que vont les personnes riches pour acheter leurs vêtements. Tu vas devoir solliciter un prêt pour pouvoir t'acheter une de ces robes !

Anna ne desserra pas sa ceinture et secoua la tête.

— Non, mon but n'est pas d'acheter la robe la plus chère du magasin. Je cherche juste quelque chose d'approprié à porter pour cette soirée.

Je ne lui avais révélé aucun détail, car Alexandria m'avait fait promettre de ne rien dire et j'étais bien déterminée à garder son secret.

— C'est quel type de soirée ? Tu te rends à une fonction royale ? Je ne vois pas ce que ça pourrait être d'autre pour vouloir acheter une robe ici alors que ce n'est qu'un job de photographe.

J'ai souri, suis sortie de mon véhicule, l'ai contourné pour me rendre à ses côtés et, d'un signe de la main, je l'ai encouragée à me rejoindre. Elle accepta, à contrecœur.

J'ai enroulé mon bras autour du sien et j'ai dit :

— Je t'ai dit que cela faisait un moment que j'économisais.

— Tu as braqué une banque ? elle souffla, puis nous nous sommes dirigées vers la première boutique.

— Non, mais j'ai pu mettre de l'argent de côté.

Nous nous sommes mises à rire, puis nous sommes entrées dans le bâtiment. En moins de trois minutes, j'ai compris que ce n'était pas à cet endroit que je voulais acheter une robe. Quand vint l'heure du déjeuner, nous avions écumé une demi-douzaine de boutiques et, chaque fois, j'avais eu la même réaction.

Après avoir déjeuné, nous sommes entrées dans une dernière boutique. Même si ce n'était pas là que les femmes riches et célèbres venaient acheter leurs robes, j'étais beaucoup plus satisfaite de la qualité et de la beauté des robes en rayon. Il y avait plus de choix, les textures des tissus me plaisaient davantage et l'atmosphère qui régnait au sein du magasin était plus détendue, plus conviviale.

Alors que nous étions en train de passer en revue les tenues afin de possiblement choisir une robe, Anna aborda timidement le sujet de la relation que j'entretenais avec Nate. Il est vrai que je ne lui avais pas donné trop de détails.

— Susan, quelle est la nature de ta relation avec Nate ? Vous vous contentez d'une amitié mutuelle et continuez avec ce contrat ou est-ce que c'est devenu un peu plus personnel maintenant ?

Elle jeta un coup d'œil sur la pile de robes entassées devant la cabine d'essayage qui ne cessait de grandir.

Je me suis mise à mordiller ma lèvre inférieure, me demandant combien de détails je devrais lui donner. Mon désir de partager mes espoirs avec elle eut raison de mon besoin de discrétion.

— Je n'en suis pas très sûre, mais je crois que nous avons avancé dans notre relation. Anna, il est tellement parfait que parfois, j'en ai mal. Il croit en moi, en mon travail, m'inclut dans des situations où je n'aurais pas besoin de me trouver pour sauver les apparences. Et puis, il se porte garant de moi pour que j'arrive à décrocher des contrats qui, sans quoi, me fileraient entre les doigts, dis-je en désignant la pile de robes.

Anna recula un peu, me dévisagea de la tête aux pieds et dit :

— Oh, toi, tu es tombée amoureuse, n'est-ce pas ?

Un énorme sourire apparut sur mon visage, spontanément.

— Je crois bien que oui, Anna. Et c'est merveilleux.

Mais, lorsque mon regard se posa sur les robes, je retombai sur terre et mon sourire se dissipa.

— C'est génial… ou pas. Qu'est-ce qui ne va pas, Susan ?

J'ai secoué la tête et j'ai haussé les épaules.

— Je veux que ça soit du sérieux entre nous, tu comprends ?

— Mais ?

Elle me guida vers la cabine d'essayage.

— Mais je ne suis pas sûre de ses sentiments.

Je pris une robe et laissai le tissu me filer entre les doigts.

— Tu vois, il continue de me payer, comme si je n'étais qu'une simple employée.

J'ai laissé retomber la robe sur la table.

— Oh, merde. Tu couches avec lui, n'est-ce pas ? Tu es tombée amoureuse de lui et maintenant, vous couchez ensemble.

Elle secoua la tête et regarda la vitrine, tout en se mâchouillant les lèvres.

— Oui, mais… dis-je, le cœur lourd. On n'en a pas vraiment parlé. On a dormi dans le même lit, il m'a préparé un petit-déjeuner le lendemain et nous avons beaucoup ri. Anna, c'était vraiment génial et ça ne ressemblait en rien à une fausse relation. Jusqu'à présent, je pensais sincèrement que nous formions un vrai couple.

Même pendant son absence, nous échangions des textos chaque jour, plusieurs fois par jour. Leur contenu dépendait du texto, certains étaient plutôt amicaux alors que d'autres étaient carrément plus allumeurs.

— Mais, il a la réputation d'être un coureur de femmes. Je suppose qu'il doit être doué pour les charmer et les faire roucouler.

Elle leva les sourcils, mais son regard était plein de sympathie.

J'ai hoché la tête, j'ai fait mon choix parmi les robes et ai sélectionné les trois qui me plaisaient le plus, tout en essayant d'analyser ce que nous avions partagé, Nate et moi, que ce soit tacite ou pas. J'en ai conclu que nous avions bel et bien franchi un nouveau cap dans notre relation et que nous formions un vrai couple, à part entière.

Je me suis sentie un peu mieux, alors j'ai pris la robe que j'avais choisie et la vendeuse à la caisse l'a emballée avec précaution. J'ai regardé l'étiquette et j'ai ouvert mon portefeuille. L'assurance fraîchement reconquise se dissipa à nouveau, car j'étais en train de payer cette robe avec l'argent que j'avais gagné en posant comme la prétendue petite-amie de Nate. D'ailleurs, il continuait toujours de me payer, même lorsqu'il n'était pas là.

C'était de l'argent que j'avais reçu après que nous avions eu couché ensemble et après avoir dîné avec Alexandria.

Un sentiment de doute et d'incertitude s'abattit sur moi et me sapa le moral. J'avais beau essayer, je n'arrivais pas à me sentir aussi heureuse qu'avant d'avoir acheté cette robe.

Nate revint le jour d'après mais son vol arriva en fin de soirée. Il décida de rentrer directement chez lui pour se reposer et se préparer pour le mariage d'Alex, prévu pour le lendemain. Nous devions partir sur les coups de 10 heures du matin et nous ne pûmes nous voir avant.

Dans cette nouvelle tenue, je me sentais encore moins sûre de moi qu'avant. Le reflet que me renvoyait le miroir me projetait dans mon enfance : j'avais l'impression de me déguiser. Ni plus ni moins. J'étais en train de jouer un rôle, je prétendais être quelqu'un que je n'étais pas pour trouver ma place dans la vie de quelqu'un qui était peut-être amoureux de moi ou pas.

Comme à son habitude, il arriva un quart d'heure en avance et moi, je venais de descendre mes sacs au bas de l'immeuble. Il me retrouva à la porte d'entrée et prit mes affaires.

— Mon Dieu, Susan, tu es ravissante. Je ne vais pas pouvoir me concentrer sur le mariage, car je ne vais pas pouvoir m'arrêter de penser à ce que je vais te faire après.

Il laissa son regard traîner sur moi. Le poids de son regard était bel et bien réel, j'avais comme l'impression qu'il faisait réellement naviguer ses mains sur moi et mon corps réagit aussitôt.

— Arrête, tu n'es qu'un petit allumeur.

Je ne plaisantais qu'à moitié quand je pris place sur le siège en lui souriant. Il mit le moteur en marche, se tourna vers moi et me regarda, les yeux emplis de désir.

— Allumer, c'est seulement si je ne tiens pas ma promesse et crois-moi, je compte bien te satisfaire tout à l'heure.

Les plaisanteries sur ce thème continuèrent encore quelques minutes. Puis nous avons parlé du mariage, jusqu'à ce que nous atteignîmes la grille d'une cathédrale gothique isolée et fantastiquement décadente. Elle était beaucoup plus petite que les cathédrales que l'on pouvait trouver en ville mais offrait plus de richesses et de nuances architecturales, ce qui la plaçait dans une catégorie bien supérieure à celle des édifices similaires et présents en milieu urbain.

De larges auvents s'étalaient le long de l'immense cour et offraient de l'ombre aux tables débordant de boissons et d'amuse-gueules. Un tissu blanc et transparent avait été placé sur les poutres puis disposé en forme de nœuds géants, accompagnés d'une longue traîne de soie rouge. Le contraste éclatant conférait à l'ensemble un air d'élégance.

Nate désigna un édifice, à côté.

— Avant, c'était le lieu de résidence des bonnes sœurs. À présent, c'est l'un des hôtels les plus luxueux et secrets de tout l'état. C'est là où j'ai réservé notre chambre pour le weekend. Romie et Alex ont loué tout l'hôtel pour le weekend afin d'y célébrer un mariage digne de Maman.

— Eh bien, ta mère a le don d'exprimer ses pensées sans avoir à prononcer un seul mot.

Cet endroit m'émerveillait et j'ai commencé à prendre des photos, impatiente de pouvoir capturer toute la beauté de l'endroit à travers les délicates nuances de la lumière du matin.

La cérémonie commença et j'étais à mon poste pour immortaliser la mariée en marche vers l'autel. Alex était resplendissante de beauté, vêtue d'une robe en mousseline blanche et d'une longue traîne ornée de motifs brodés de nacre. C'était une vision de rêve.

La cérémonie fut tout aussi magnifique, plus belle que toutes celles auxquelles j'avais eu l'honneur d'assister et quand les mariés s'embrassèrent, je ne pus me retenir de verser une larme.

Les invités portaient leurs plus beaux vêtements et bijoux, tous rivalisaient pour briller un peu plus sous les projecteurs. Je fis de mon mieux pour ne pas les décevoir et je réussis à prendre une vaste collection de photos.

La réception, bien qu'elle ait été minutieusement organisée, se transforma en une espèce de dance chaotique où se mouvaient des personnes célèbres et excentriques et où toutes essayaient de leur mieux de se faire remarquer. Il est vrai qu'au sein de cette échelle de la société, la popularité est quelque chose de très important.

Puis les invités s'installèrent et dévalisèrent le buffet pendant que les festivités en plein air se poursuivaient. Les rires, les sourires, les bons vœux, tout avait été enregistré du mieux possible sur ma carte

SD. Alex et son mari auraient une vraie malle au trésor, pleine de magnifiques souvenirs, qu'ils pourraient venir revisiter et partager en famille.

Les derniers clichés furent ceux que je pris alors que tous les invités étaient attablés mais n'avaient pas encore commencé à manger. Alex m'avait donné des instructions très précises. Pas de photos d'invités en train de dévorer leur repas ou en train de lécher leurs assiettes. Aucun cliché de ce genre n'intègrerait sa collection. Et d'ailleurs, je la comprenais très bien. Qui voudrait avoir une photo d'un type riche en train de lorgner sa prochaine fourchette de bavette ? Pas super attrayant et encore moins alléchant d'un garder un souvenir pour la vie.

Je m'étais installée dans un coin afin de pouvoir prendre les meilleurs clichés possible et j'aperçus Nate à nouveau. Chaque fois qu'il se dirigeait vers moi, quelqu'un venait à sa rencontre et commençait à bavarder avec lui. J'avais donc abandonné l'idée de pouvoir passer quelques instants avec lui. Je me sentis un peu isolée, car je ne connaissais personne, et je me mis à regretter d'avoir dépensé autant d'argent pour cette robe. Après tout, je n'étais qu'une employée qui devait rester invisible pour la majorité des invités… alors, pourquoi vouloir porter une robe si coûteuse ?

Je me suis déplacée vers l'avant et ai pris plusieurs clichés d'Alex et Romie sur le vif. L'amour et le bonheur qui les habitaient crevaient les yeux et j'étais heureuse de pouvoir immortaliser ces moments fugaces qui échappaient à la plupart des gens présents ce soir-là.

Alors que le garçon d'honneur se préparait pour son speech, j'ai commencé à ranger mon matériel. Nate vint me rejoindre et me donna un baiser furtif dans le cou avant de m'aider à porter mon sac.

— On va le faire monter dans notre chambre, je vais appeler le concierge. Il est presque temps de prendre place.

Il leva son pouce en direction du garçon d'honneur et salua la foule.

— D'accord, j'arrive. Laisse-moi aller aux toilettes.

Je lui ai souri et m'y suis rendue en me dépêchant.

Je me suis regardée pour la centième fois dans le petit miroir, j'ai respiré profondément et me suis rassurée, en me disant que j'avais ma place ici, comme tous les invités présents. Si j'arrivais à contrôler mes nerfs et à rester sûre de moi, tout se passerait bien.

J'ai rejoint la salle à manger et je suis restée près des portes tandis que les gens me passaient devant, en petits groupes, pour aller rejoindre leurs tables. Nate était devant la porte, en présence d'une femme extraordinairement belle et élancée, avec des cheveux bouclés couleur platine. Ils étaient en plein milieu d'une intense conversation et affichaient un sourire qui faisait disparaître toute la foule qui les entourait.

Alors que les invités se pressaient autour d'eux, Nate la prit par le bras et la guida dans un coin où ils se retrouvèrent un peu trop près l'un de l'autre à mon goût et où ils poursuivirent leur conversation. Elle était très tactile. Elle continuait de rire et effleurait du bout des doigts son avant-bras, touchait sa main qui tenait son verre et se penchait vers lui pour lui murmurer quelque chose à l'oreille.

Alors que j'essayais de ravaler ma jalousie, je me suis tournée vers le bar où j'ai commandé ma première boisson alcoolisée après une longue, très longue journée. Le verre en main, je me suis dirigée de l'autre côté de la pièce pour rejoindre ma place. Je n'arrivais pas à détacher mon regard de cette femme qui était avec Nate. Elle me semblait familière, enfin, elle ressemblait à quelqu'un de connu. J'étais certaine de l'avoir vue dans une pub mais je n'arrivais pas à dire laquelle. Ils paraissaient à la fois mystérieux, familiers et heureux ensemble.

Était-elle une ancienne compagne ? Devais-je la considérer comme une rivale ? Mais avais-je le droit de la considérer comme telle ? Après tout, je ne connaissais toujours pas la vraie nature de notre relation : était-elle fausse ou légitime ? Franchement, je n'en savais rien !

Perdue dans mes pensées, je n'entendis pas Madelaine s'approcher de moi, enfin, jusqu'à ce qu'elle se mette à parler, derrière mon dos.

— Susan, ne forment-ils pas un joli couple ?

Surprise, je me suis retournée brusquement et me suis retrouvée face à face avec elle. Je n'ai même pas daigné lui répondre et, au lieu de ça, je me suis contentée de la fixer.

Souriant d'une façon qui lui conférait un air un peu follement démoniaque, elle se pencha près de moi.

— C'est Véronique Desmon, l'égérie du parfum PhereMonet. Tu ne la reconnais donc pas ?

Mon regard se reposa immédiatement sur cette bombe platinée mais je ne reconnus pas son visage. Elle avait pourtant figuré dans des milliers de pubs pour la télé, elle était apparue sur les pages de nombreux magazines et son visage avait été placardé sur d'innombrables panneaux d'affichage pour vanter les mérites de ce produit. Je finis par légèrement hocher la tête en direction de Madelaine. Sa seule présence m'indisposait et me rendait furieuse. Le masque de bienséance qu'elle affichait en public laissait néanmoins transparaître toute sa déviance.

Elle soupira, bascula sur ses talons et me lança un petit sourire narquois.

— Oui, vraiment, ils forment un couple magnifique.

Elle se pencha à nouveau vers moi, puis me dit, à voix basse :

— Tu devrais te concentrer sur ton travail et surtout, ne te réjouis pas trop vite, Susan. D'ici peu, mon fils finira par retrouver son bon sens.

Elle pencha la tête et continua :

— Et il finira par choisir une femme décente, comme elle.

Elle passa devant moi, avec ses grands airs, me laissant coite.

Sincèrement, je ne savais pas si je devais prendre en compte les avertissements de Madelaine ou être furieuse envers elle. Ses mots me déchirèrent le cœur. Même si Nate et moi restions ensemble, elle n'approuverait jamais son choix. Elle ne m'aimerait jamais et se fixerait comme but de pourrir la vie de son fils.

Après avoir quitté Véronique, Nate m'aperçut et se dépêcha de venir à ma rencontre, un grand sourire aux lèvres.

— Désolé, j'étais en train de bavarder. Tu es prête pour aller dîner ?

Il me tendit son bras.

J'ai regardé son bras et j'ai secoué la tête.

— Je ne sais pas, Nate.

— Quoi ? Tu ne sais pas si tu es prête pour aller profiter de ce fabuleux repas ?

Il rigola et me donna un petit coup de coude.

— Je ne sais pas si je devrais être là. Tous ces gens riches me mettent les nerfs à vif, je sais que je n'ai pas ma place ici. Je suis juste une employée, la photographe, la chroniqueuse. Je crois qu'il vaudrait mieux que j'aille dans la chambre. Je commanderai à manger plus tard.

J'ai tourné les talons, mais il me prit par le bras et je fis volteface.

Chapitre 18

Nate

Comprenant bien que quelque chose n'allait pas, j'ai fait virevolter Susan et je l'ai attirée vers moi pour lui donner un baiser.

— Tu es avec moi, Susan, pas avec eux. N'y pense plus et ne leur accorde aucune importance. Qu'est-ce que ça peut faire que tu sois entourée de gens prétentieux, puisque tu es avec moi ?

Je l'embrassai à nouveau.

— Oui, tu m'as bien entendu. Je ne te quitterai pas de tout le dîner si tu promets de ne pas t'enfuir.

Je lui ai lancé un sourire charmeur, puis un petit clin d'œil.

J'avais hâte de pouvoir lui ôter cette ravissante robe moulante et de l'avoir pour moi tout entière. Mais pour le moment, nous étions au mariage de ma sœur et j'avais bien l'intention de lui apporter tout mon soutien et de lui témoigner toute mon approbation… mais pas sans avoir Susan à mes côtés.

Elle m'avait apporté tant de bonheur ces dernières semaines, elle avait su apaiser mon esprit tourmenté, rendre mon cœur plus léger et combler chacun de mes désirs. Je n'avais aucune envie de la quitter. Et si mon choix déplaisait à ma mère, eh bien, c'était son problème car pour moi, Susan était une vraie petite pépite et j'avais bien l'intention de la garder.

Son regard s'attarda sur les invités, puis revint se poser sur moi.

— C'est juste que je me sens vraiment très mal à l'aise, Nate. J'ai l'impression qu'ils sont tous en train de me juger et de te juger toi pour te montrer en public avec moi.

— Mais c'est n'importe quoi ! Ils ne te connaissent même pas !

Je l'ai prise par la main et ai passé mon bras sous le sien.

— Ce n'est pas parce qu'ils sont riches qu'ils ne sont pas humains. La curiosité fait partie de la nature humaine, c'est pour ça qu'ils viennent renifler la nouvelle venue. Mais je t'assure que ça ne va pas plus loin. Ils sont juste curieux de savoir qui est cette beauté à mes côtés.

Elle souffla et leva les yeux au ciel.

— Tu vois ? Tu te débrouilles très bien. C'est comme ça que je fais tous les jours.

Je fus soulagé de l'entendre rire un peu et nous pûmes enfin nous diriger vers notre table.

Le garçon d'honneur de Romie se leva et fit tinter son verre avec sa fourchette.

— Pardonnez-moi, tout le monde, je voudrais partager avec vous quelques anecdotes à propos du marié que vous trouverez soit rigolotes, soit choquantes, tout dépendra de votre perspective. Dans tous les cas, je suis persuadé que vous trouverez ces petites histoires des plus instructives.

Le sourire qu'il affichait sur son visage laissait à présager que ce qu'il allait raconter serait plus choquant qu'autre chose. Quant à Romie, il avait l'air complètement pris de court.

J'ai pris la main de Susan et l'ai serrée dans la mienne pendant que nous écoutions les aventures du jeune Romie à l'école, revivions ses premières cuites, son parcours à l'école de médecine, etc. L'audience eut d'abord le souffle coupé, puis se mit à rire et j'en déduisis que le petit discours du garçon d'honneur touchait à sa fin.

Ma mère se leva à son tour pour prononcer son discours et un frisson me parcourut le dos. Alex se redressa dans sa chaise et son regard se durcit. Si quelqu'un était capable de gâcher le plus beau moment au monde, c'était bien ma mère. D'ailleurs, je voyais bien qu'Alex pensait la même chose que moi, tandis que notre mère souriait à son public.

Susan

Alors que Madelaine faisait sa vedette, se sentant comme chez elle parmi la foule, Nate me serra la main à nouveau. J'imagine qu'elle devait avoir l'habitude de se trouver au centre de toutes les attentions, surtout lorsqu'il s'agissait de ses enfants.

Une fois qu'elle eut fini de se présenter, je pensais avoir tout compris. Mon manque de ressources financières n'était pas la raison pour laquelle elle me détestait et voulait à tout prix que Nate se débarrasse de moi. Ce qui la rendait réellement furieuse était de ne plus être le centre d'attention.

Si Nate prenait pour compagne une de ces bimbos riches et superficielles que lui proposait sa mère, elle resterait toujours dans le tableau. Après tout, cette nana rechercherait les mêmes choses que toutes les personnes présentes à ce mariage : la popularité, être vue et montrer sa richesse.

Moi, je m'en foutais bien d'être vue, d'être populaire, et ce n'est pas moi qui irais parader en disant que je suis riche. Je me contentais parfaitement d'être avec Nate ou, lorsque je travaillais, d'être seule. S'il restait avec moi, Madelaine n'aurait plus son mot à dire et n'aurait aucune influence sur moi. Ça ne vaudrait plus la peine d'aller se montrer à des événements comme ceux-ci, où se rassemblaient toutes les grandes fortunes, ces personnes qui m'avaient dédaignée au début.

Bien sûr, comprendre le pourquoi ne rendait pas la situation plus agréable ou plus facile, mais je me sentais un peu apaisée. Néanmoins, pouvoir enfin comprendre les motivations de cette femme restait quand même inespéré, compte tenu de la situation.

Je me suis mise à respirer plus calmement, me suis détendue sur ma chaise et lui ai offert toute mon attention, comme le reste des personnes présentes dans la salle.

— Je suis tellement fière de ma fille, Alexandria. Elle a pris une excellente décision en choisissant Romie. Leur mariage consacre l'union de deux familles très puissantes et très influentes et ne fait que renforcer leur statut pour les générations à venir.

Elle leva son verre et s'arrêta un moment, attendant l'approbation de son public. Les invités se mirent à trinquer et lancèrent quelques remarques superficielles qui lui donnèrent entière satisfaction.

Elle poursuivit.

— Cela a toujours été mon espoir le plus grand, que mes enfants puissent se marier avec des personnes de notre propre rang, au sein de ce que l'on appelle la Haute Société, et je dois dire qu'Alexandria ne m'a pas déçue.

Elle posa son regard sur sa fille, lui envoya un baiser du bout des doigts.

— Merci, merci ma chérie. Ta mère est heureuse et fière de toi aujourd'hui.

Elle marqua une autre pause, attendant toujours la réaction de son audience.

— Je nourris le grand espoir qu'un jour ou l'autre, mon fils Nate se mariera lui aussi.

Elle me terrassa de son regard de glace et le dirigea vers moi comme s'il s'agissait d'une redoutable arme laser.

— Et non pas avec une fille de la campagne, sans intérêt, pour laquelle il semble vouer une fascination temporaire.

Mon corps tout entier se mit à picoter et mon cœur ne fit qu'un bond lorsque j'entendis toute l'assemblée éclater de rire. C'est alors que tous les regards se posèrent sur moi. Seuls Alexandria et Nate ne riaient pas. Mon estomac était tellement crispé que je sentis ma gorge se nouer. Les rires s'estompèrent et Madelaine attira de nouveau l'attention sur elle.

J'ai lâché la main de Nate sous la table et repoussé mon siège, les mains moites.

— Excuse-moi, je crois que je vais être malade, murmurai-je en forçant mes jambes tremblantes à me porter pour que je puisse quitter cette salle le plus vite possible.

Au lieu d'aller aux toilettes, je me suis rendue jusqu'à la porte d'entrée en tentant de garder un minimum de contrôle et puis, une fois hors de vue des portiers, je me suis mise à courir jusqu'à l'hôtel.

Aucune porte n'était verrouillée, c'était comme si personne ne se souciait de se faire voler ses affaires. Je suppose que d'être riche et puissant habituait les gens à vivre comme ils le voulaient, sans se faire du souci comme le reste d'entre nous.

Quand Nate avait apporté nos sacs à l'intérieur, il les avait vidés, en avait sorti les vêtements et les avait soigneusement placés sur le lit pour que nous puissions les ranger ou les porter plus tard. Humiliée, je pouvais à peine contenir mes larmes et remis mes affaires dans le sac, en désordre.

Nate apparut au seuil de la porte.

— Susan, qu'est-ce que tu fais ?

— Je rentre chez moi, Nate. Je n'en peux plus de ta mère. Je refuse de rester ici une seconde de plus et de me faire humilier par cette horrible femme.

Mes mains tremblaient et j'essayais tant bien que mal de fermer mon sac.

— Attends une seconde, laisse-moi au moins prendre mes affaires, je viens avec toi.

Il se mit à empiler ses vêtements dans son sac, sans prendre garde à ce qu'il faisait.

— Non, tu devrais rester, c'est le mariage de ta sœur.

Je me rendis dans le petit dressing pour y prendre mon sac et mon matériel de photographie.

— Je vais retourner à la maison et travailler. Ça va aller. S'il te plaît, ramène-moi mais ensuite, reviens ici.

Je ne voulais pas qu'il rate le reste du weekend avec sa sœur à cause de moi. Il secoua la tête et prit mes sacs.

— Non. Je pourrais te dire que je n'arrive pas à croire que ma mère ait pu faire une chose si abjecte, mais je n'en suis pas surpris. Elle est comme ça et j'en suis vraiment navré. Tu ne te doutes pas à quel point je suis désolé.

Il m'embrassa.

— Je ne veux pas rester ici si tu n'es pas là.

Je secouai la tête à mon tour.

— Nate, sérieusement, on doit en finir avec tout ça. Je veux juste rentrer chez moi et mettre tout ça derrière moi : ce cirque, cette fausse relation, duper ta mère, essayer de ne pas faire tache... Je veux juste en finir, dis-je en gesticulant.

Tout à coup, l'air devint irrespirable.

— Allez, viens, on s'en va.

Il passa devant moi et prit tous mes sacs de son côté gauche avant de m'offrir sa main droite.

J'ai secoué la tête à nouveau.

— C'est bon, je ne suis pas en sucre, je peux marcher toute seule.

Blessé, il hocha la tête et se contenta de me mener jusqu'à la voiture.

Une fois arrivés chez moi, il me proposa de m'aider à monter mes valises mais je refusai.

— Pars les rejoindre et passe une bonne fin de weekend.

Je me suis avancée jusqu'à l'entrée principale et il me suivit.

— Susan.

Il me prit dans ses bras et plongea son regard dans le mien.

— Je suis vraiment désolé pour tout ce que t'a fait subir ma mère. Si tu me donnes une seconde chance, je ferai tout pour me faire pardonner, dès que je reviendrai de mon prochain voyage d'affaires. Je dois à nouveau me rendre en Arizona d'ici quelques jours, mais je reviendrai dans le courant de la semaine.

Il m'embrassa.

— C'est d'accord ?

Son seul sourire suffit à faire vibrer mon cœur, presque autant que lorsqu'il m'embrassait.

Un seul baiser et des excuses seraient-ils suffisants pour venir à bout de ma volonté ? En tout cas, ça en avait tout l'air.

— Je vais te donner une seconde chance, mais à une seule condition.

J'ai levé mon doigt.

— Une seule et très importante condition.

Il inclina sa tête sur le côté, en souriant.

— Et quelle est cette condition ?

— Tu dois arrêter de me payer. Je ne veux plus de ton salaire hebdomadaire. Si nous sommes réellement en couple, tu ne me verses plus un seul centime.

J'ai insisté sur chaque mot en gardant le doigt levé.

Il parut choqué et baissa les yeux au sol avant de me regarder à nouveau.

— C'est tout à fait dans l'ordre du possible, Susan. Plus de paiements. Si je n'ai pas interrompu les virements, ce n'est pas parce que je te considérais comme une « employée », dit-il en faisant un signe avec ses doigts. Je voulais juste t'aider un peu le temps que ta carrière de photographe décolle. Je ne voulais pas que tu aies à reprendre un boulot ingrat et que tu n'aies plus de temps à consacrer à ton projet.

— Eh bien, j'apprécie énormément ta gentillesse, mais je ne veux pas avoir la sensation désagréable que tu me payes… pour coucher avec toi, répondis-je en regardant sa braguette.

Il se mit à rire.

— Oui, je comprends tout à fait. Mais ça n'a jamais traversé mon esprit, Susan. Je suis désolé que tu aies pu penser ça de moi. Tu aurais dû m'en faire part.

Il m'attira vers lui et me couvrit le visage de baisers. Je reculai en riant.

— D'accord, dans une semaine, tu pourras faire en sorte de te faire pardonner, continuai-je en posant un doigt sur sa poitrine.

— Je te revaudrai ça au centuple.

Il me donna une petite claque sur les fesses et s'éloigna.

— J'y compte bien, Monsieur Talbot.

Je me suis dépêchée de rentrer dans mon immeuble, me sentant beaucoup plus apaisée au sujet de notre relation.

Chapitre 19

Susan

Le mardi suivant, j'étais complètement débordée, car j'avais reçu un nombre impressionnant de demandes sur mon site Internet et les réseaux sociaux. Depuis le lancement de cette campagne publicitaire, j'avais triplé mon volume de travail. Je ne m'en plaignais pas, bien au contraire, j'étais tout excitée, surexcitée même, heureuse de constater cet engouement pour mes projets artistiques.

Je recevais tellement de courriels qu'il me fallut au moins une heure pour tous les lire. Deux d'entre eux retinrent mon attention et firent battre mon cœur. Ils avaient été envoyés par deux grosses agences. Je les avais gardés pour la fin. Tous deux me demandaient de leur faire parvenir mon portfolio et me faisaient part d'une possible embauche.

J'étais tellement étonnée que je me suis retrouvée à fixer mon écran d'ordinateur pendant plusieurs minutes. J'avais besoin d'actualiser et de perfectionner mon portfolio avant de pouvoir l'envoyer à l'une de ces agences. Pour y arriver, je devrais sûrement y passer le reste de la journée.

J'ai lancé un petit cri de joie et j'ai exécuté une petite danse de la victoire entre ma chambre et mon poste de travail. Le tiroir du haut de ce meuble de rangement en plastique contenait un plateau amovible sur lequel figuraient plusieurs cartes SD. J'ai laissé glisser mon doigt sur les étiquettes et j'ai sélectionné celles qui me semblaient les plus prometteuses.

J'en ai pris sept dans mes mains, puis celle où figurait mon portfolio, et suis retournée à mon bureau. Je n'avais pas assez de place pour pouvoir travailler convenablement alors j'ai pris toutes les cartes SD et mon ordinateur, puis je suis allée m'installer dans la salle à manger, sur la table basse.

On frappa à la porte alors que j'étais sur le point de me préparer une tasse de café et de m'installer pour pouvoir travailler quelques heures. Agacée, j'ouvris la porte.

— Avery ? Mais pourquoi es-tu ici ?

J'avais prononcé ces paroles d'un ton plus acerbe que prévu, mais en fin de compte, peut-être pas. Il souriait comme un renard qui venait de s'introduire dans un poulailler. Il me poussa sur le côté et entra dans la salle à manger.

— Je sais, je sais. Je dépasse sans doute les bornes, Susan.

Il se mit à scanner la pièce du regard et remarqua mon ordinateur portable.

— Je t'ai probablement interrompue dans ton travail, je suis désolé.

J'ai posé mes mains sur les hanches et lui ai jeté un regard noir.

— Arrête ton cinéma, Avery. Que fais-tu ici ?

Il hocha la tête, ferma ses mains devant lui et posa son regard fuyant sur moi.

— Je voulais venir ici pour t'offrir des excuses. Pour faire la paix.

Il se mit à agiter une main au-dessus de sa tête.

— Je lève le drapeau blanc, tu crois qu'on peut signer l'armistice ?

Puis, il laissa retomber sa main.

— Mais de quoi parles-tu ? Tu as complètement perdu la tête ou quoi ?

J'ai croisé les bras et me suis tenue près de la porte, ne comprenant pas trop ce qui était en train de se passer.

— D'accord. Écoute, je suis désolé de m'être comporté si mal avec toi ces derniers temps. Vraiment. Je n'étais pas au courant pour toi et Nate, enfin, jusqu'à ce que je vous croise dans l'entrée. Je voulais juste passer te dire que je te souhaitais plein de bonnes choses. Pour vous deux.

Il posa les yeux sur mes cartes SD, l'appareil photo et l'ordinateur. Il secoua la tête et leva les yeux au ciel. Son comportement puéril me faisait voir rouge. J'ai secoué la tête.

— Non, je ne te crois pas. Tu ne m'as jamais souhaité quoi que ce soit de bon par le passé, alors pourquoi commencer maintenant ? J'ai perdu mon boulot à cause de toi, Avery. Tu sais combien j'avais besoin de ce travail ?

Il ouvrit les bras et sourit.

— Eh bien, à ce que je vois, tu ne t'en tires pas trop mal, non ? Si tu avais gardé ton boulot de serveuse, tu ne serais jamais sortie avec Nate.

Il désigna mon plan de travail.

— Et je vois que tu as aussi tout le temps de te consacrer à ta passion pour la photo ou je ne sais quoi encore. Alors, peut-être que je t'ai aidée en fin de compte, mais que tu es trop têtue pour le reconnaître.

Je lui ai montré la porte d'entrée, qui était restée ouverte.

— Pars, pars maintenant. Je n'ai plus besoin de ta négativité de merde et de ton égoïsme démesuré. Enfin, je n'en ai jamais eu besoin, mais disons que pour une raison qui m'échappe encore, je l'ai supporté par le passé. Et bien trop longtemps, si je peux me permettre. Allez, dégage maintenant.

Je lui ai montré la porte à nouveau.

Il m'ignora complètement et se concentra sur la table.

— Oh, mais regarde-moi *cet* appareil photo !

Il le prit dans ses mains.

— Pose ça !

Je parlais doucement, sans hausser la voix. Mes bras tremblaient et j'avais du mal à respirer. C'est comme s'il avait une grosse partie de ma vie entre ses mains et était en train de la tripoter maladroitement. Cet appareil photo était une extension de moi-même et il le savait très bien. Il le faisait rouler d'une main à l'autre, comme le ferait un enfant avec un ballon.

— On dirait que cet appareil est bien trop cher pour ton budget.

Il le leva dans les airs, puis le fit redescendre, le manipulant d'une façon perverse, le touchant à peine du bout de ses doigts.

— C'est la marque Canon, hein ?

Il leva les yeux sur moi en riant, les yeux écarquillés.

— S'il te plaît, Avery, pose cet appareil. Fiche le camp et laisse-moi tranquille.

Mais ma voix manquait cruellement d'autorité. Je donnais plus l'impression d'être une enfant terrorisée, suppliant son agresseur de lui foutre la paix. Oui, c'était tout à fait ça. Aussi furieuse et frustrée que je pusse l'être, c'était toujours comme ça quand j'avais affaire avec Avery.

Il jeta l'appareil photo en l'air et le rattrapa. Une fois, deux fois, trois fois.

— Je sais que tu n'as pas les moyens de te payer cet appareil.

Il le lança et le rattrapa à nouveau.

— Je sais aussi que Nate t'a acheté cet appareil et qu'il en est d'autant plus précieux pour toi à cause de ça, n'est-ce pas ?

Il le lança à nouveau. Je ne supportais plus son comportement de gamin, alors je m'approchai et essayai d'attraper l'appareil photo. Il recula au dernier instant et me fit tomber. Lorsque je tentai de l'attraper à nouveau, il sauta sur le côté et laissa glisser l'appareil, juste au-dessus de mon ordinateur.

Je restai la bouche ouverte et mis ma main dessus pour contenir l'inévitable cri que j'allais émettre une fois tout mon matériel électronique cassé.

Sa main rattrapa l'appareil photo au dernier instant, juste avant qu'il ne vienne s'écraser sur mon ordinateur, puis il se mit à le tripoter comme on tripoterait un ballon de foot.

Il le faisait à présent glisser de ses épaules jusqu'à ses poignets, en riant.

— Mon Dieu, tu as toujours réagi de façon si théâtrale ! Tu as vraiment besoin d'apprendre à te détendre.

Il me rendit l'appareil photo et se dirigea vers la porte.

— Ton petit passe-temps stupide va vider ton compte en banque et tu ne réussiras jamais rien. Tu le sais autant que moi. Peu importe ce que peut dire Nate, tu n'as pas ce petit truc nécessaire pour te tailler une place parmi les grands.

Il se pencha vers moi, pour m'achever, et continua.

— Tu sais, le talent…

Il partit en me lançant un autre rire vulgaire et ferma la porte derrière lui.

Je pris place sur le canapé, l'appareil photo sur les genoux, en soupirant, soulagée à l'idée qu'il soit enfin parti.

Chaque fois que je me retrouvais près de lui, c'était la même chose. Quand il se décidait enfin à partir, c'était comme si je venais de survivre au passage d'une tornade. Bouleversée, j'ai remis l'appareil photo sur la table basse et je suis allée me préparer cette tasse de café dont j'étais persuadée ne plus avoir besoin.

Deux heures plus tard, j'étais en train de finir de mettre à jour mon portfolio quand le téléphone sonna. C'était Alexandria. Nous parlâmes plus de vingt minutes à propos de la merveilleuse cérémonie et combien la réception s'était déroulée à merveille. Je ne voulais pas la contrarier, alors je me retins de parler du petit discours humiliant prononcé par sa mère.

Puis, au fil de la conversation, nous parlâmes des photos que j'avais prises. Elle me demanda si je pouvais les organiser dans des albums différents et réaliser quelques collages. Je lui répondis que c'était tout à fait possible et lui donnai mon accord. Elle me donna ses directives et je pris des notes pendant qu'elle m'expliquait ce qu'elle voulait. Ce projet était excitant, tout nouveau pour moi, c'était quelque chose que je n'avais vu ou fait avant. Tout comme le mariage, ce projet était quelque chose dont elle avait longuement parlé avec Romie et qui regroupait leurs idées à tous les deux.

Après son appel, j'ai voulu commencer à organiser les photos. La carte SD était pleine et ça allait me prendre plusieurs jours avant de pouvoir les trier correctement, je voulais donc commencer dès que possible.

La carte ne se trouvait pas dans l'appareil photo, alors je l'ai cherchée dans mes sacs d'équipement, car logiquement, elle aurait dû s'y trouver. Je finis par vider le contenu entier de mon sac sur mon lit et cherchai minutieusement, mais toujours pas de carte SD. J'allai fouiller dans mon plateau mais là non plus, pas de trace de cette carte. Rien du tout.

Anna rentra quand j'étais en train de sortir mon sac à main du placard pour le vider frénétiquement sur mon lit.

— Salut, on dirait que tu bosses dans…

Elle se tut lorsqu'elle aperçut le bazar sur mon lit.

— Quelque chose ne va pas, Susan ?

Elle entra dans ma chambre puis posa à terre son sac à main et ses clés sans faire de bruit.

— Oui, je n'arrive pas à mettre la main sur la carte SD où se trouvent toutes les photos du mariage. J'ai même ouvert mon petit portefeuille et en ai sorti toutes mes cartes de crédit.

— Tu parles du mariage de la sœur de Nate, ton gros projet ?

— Oui. Tu peux m'aider à la chercher ? Je pensais l'avoir mise quelque part pour ne pas la perdre mais je ne la trouve nulle part. Je l'ai peut-être fait tomber quand j'ai rangé mes affaires.

J'ai remis quelques trucs dans mon sac à main, puis l'ai suspendu à nouveau sur la poignée de mon placard.

— Oui, bien sûr. Donne-moi deux minutes, le temps que je pose mes affaires. Je reviens tout de suite. Elle se dépêcha d'aller dans sa chambre et revint quelques secondes plus tard.

Nous cherchâmes partout, sous chaque meuble, chaque coussin, nous déplaçâmes tous les bibelots et objets présents dans l'appartement, mais nous ne la retrouvâmes pas.

Est-ce cliché de dire que j'ai beaucoup pleuré ce soir-là ? Peut-être, mais c'est la vérité. J'étais effondrée, anéantie.

Vers minuit, Anna s'assit à côté de moi sur le canapé.

— La nuit porte conseil. Peut-être te souviendras-tu où tu l'as mise demain matin ?

— Et si je l'avais fait tomber dans la chambre d'hôtel ? Ou sur le parking ? J'ai désigné la fenêtre. Ou encore pire, et si je l'avais mise à la poubelle par mégarde ? C'en est fini. Alexandria ne va jamais pouvoir me pardonner et peut-être que Nate non plus. Sa mère va se servir de ça pour faire changer Nate d'avis à mon sujet.

— Allez, Susan. Ce n'est pas si grave. Ça n'est pas possible. C'était vraiment ton premier gros projet et je n'arrive pas à croire qu'un coup du destin si terrible te tomberait dessus.

Elle me tapota la main.

— Sérieusement, on a dû louper quelque chose. Parfois, ça arrive. Tu cherches quelque chose et en fin de compte, tu as le nez dessus et tu passes juste devant. On cherchera à nouveau demain matin.

Elle avait raison. On ne pouvait plus rien faire ce soir et nous étions toutes les deux fatiguées. Je suis allée me coucher et je n'ai pu trouver le sommeil que vers quatre heures du matin, et encore, je dormis très mal.

Chapitre 20

Nate

Ce mercredi matin, je me réveillai et je me préparai pour aller courir. Comme je me trouvais en Arizona, je pensais me limiter à quelques tours non loin de l'hôtel, car je ne connaissais pas très bien les alentours.

J'avais la pêche et j'étais motivé pour ces réunions d'affaires, à affronter ce quotidien qui serait à nouveau ponctué de succès. Je pourrais alors ajouter cette nouvelle victoire à mon parcours professionnel. Entre ça et ma relation fleurissante avec Susan, j'étais aux anges et j'affichais un grand sourire.

Je venais de courir un peu quand des couvertures de magazines disposées devant un petit kiosque attirèrent mon attention. Je suis d'abord passé devant sans m'arrêter, je me suis contenté de jeter un œil dessus puis j'ai continué un peu. Je n'ai pris conscience de ce que j'avais vu que quelques foulées plus tard. J'ai parfois du mal à imbriquer les pièces du puzzle quand je suis en train de courir et que pense à tout ce que j'ai à faire pendant ma journée. Quand j'ai enfin déchiffré ce que j'avais vu sur la couverture de deux magazines, j'ai stoppé net et j'ai fait demi-tour.

Et là, en couverture du magazine People, il y avait une photo du mariage d'Alexandria. J'ai cligné des yeux et je me suis penché pour être sûr de ne pas me tromper. Mais c'était bien vrai. Il y avait une photo de la mariée à l'autel. L'identité des invités était révélée et on les voyait, souriant, contempler l'arrivée de la mariée. Plus loin, on voyait Romie et le garçon d'honneur, face à l'objectif. Le prêtre, qui se tenait derrière eux, regardait ses mains comme s'il cherchait quelque chose.

J'ai arraché une copie du magazine. Je l'ai déposée sur le comptoir et j'ai pris dans les mains un exemplaire de Higher Echelons où on pouvait voir, sur la couverture, un collage de petites photos du mariage. Après avoir acheté les deux magazines, je mis fin à ma séance de sport et je me rendis directement à l'hôtel.

Je regardais les photos tout en lisant les articles. J'étais étonné de la qualité des photos, elles étaient tout simplement parfaites. En seconde page des 12 pages qu'avait consacrées Higher Echelons au mariage de ma sœur, il y avait une double page qui me mettait en scène, en train de parler avec Véronique. L'auteur laissait supposer que Véronique et moi pourrions être les prochains à nous marier. Je me suis mis à rire tout haut. S'ils savaient à quel point je trouvais Véronique incroyablement ennuyante, ils changeraient vite d'avis. Elle était tellement vaniteuse que je mourais d'envie de lui crier de grandir un peu et de se sortir la tête du cul ! J'avais du mal à tolérer ses tentatives à la fois culottées et grossières de vouloir terminer sa soirée avec moi.

En bas de l'article, il était noté que les photos avaient fait le buzz sur Facebook et Instagram. Horrifié, j'espérais vraiment que ça soit une blague, alors je suis allé vérifier pour en avoir le cœur net. Effectivement, les photos avaient été publiées, partagées, tweetées, retweetées et republiées partout.

Je fus envahi par un sentiment de nausée et un mal de tête commençait à me marteler le bas du crâne ; on aurait dit qu'un petit soldat jouait du tambour avec mon cœur. J'ai jeté mon téléphone sur le lit et j'ai commencé à faire les cent pas dans la chambre. Ma mère allait péter un câble et Alexandria serait anéantie.

Quant à moi ? Je ne m'étais jamais senti aussi trahi, abandonné et déçu de ma vie. Je m'étais porté garant pour Susan auprès de ma sœur et elle m'avait poignardé dans le dos en revendant ses photos à des éditeurs de confiance dont les publications étaient lues par des millions de personnes, mais aussi à des torchons qui étaient encore plus populaires et à je ne savais pas qui d'autre encore.

La sonnerie de mon téléphone m'avertit que Susan essayait de m'appeler. Les sourcils froncés, j'ai vu son nom apparaître en dessous de sa photo. Le coin de mon œil gauche s'est mis à trembler et j'ai posé mon pouce dessus. Pour l'instant, je n'avais absolument rien à dire à Susan. Peut-être plus tard, mais pas tant que j'étais en train de digérer ma colère et ce sentiment de trahison. Et puis, pourquoi donc appellerait-elle ? Pour se moquer de moi ? Pour remuer le couteau dans la plaie ? Pour me supplier de lui pardonner ? Pour accuser quelqu'un d'autre ?

Dix minutes plus tard, le téléphone sonna à nouveau. Pensant qu'elle m'appelait depuis un autre numéro, j'ai attrapé le téléphone, bien décidé à lui dire ce que je pensais d'elle. Mais c'est la photo d'Alexandria qui s'afficha sur mon écran. Mon estomac se noua à nouveau. Je n'avais vraiment pas envie de gérer ma sœur hystérique. Je n'avais jamais aimé ça, mais encore moins maintenant, dans ces circonstances.

Cependant, je ne pouvais pas l'ignorer alors que je connaissais l'horrible raison qui motivait cet appel.

— Bonjour, Alex.

J'ai fermé les yeux et posé mon front contre la fenêtre.

— Tu as vu ? Tu t'es rendu sur Internet ? Tu as vu les gros titres d'au moins une douzaine de magazines ? Tu as vu ?

Elle reniflait lourdement, et je compris qu'elle avait pleuré et qu'elle faisait de gros efforts pour ne pas craquer à nouveau.

— Oui, malheureusement. Je suis vraiment désolé, Alex.

— Le journal a même publié un énorme article là-dessus.

Elle étouffa un cri de rage et j'entendis le son de multiples feuilles de papier volant autour d'elle.

— Alex, je ne sais même pas quoi te dire. Je suis désolé. Je ne pensais pas que Susan allait faire quelque chose d'aussi stupide et qu'elle manquerait à ce point de professionnalisme.

— Non, ce n'est pas elle qui a fait ça. Je ne peux pas croire qu'elle ait pu faire ça. Ce n'est pas son genre d'être aussi sournoise, Nate. Tu la connais, tu sais quel genre de personne elle est.

Je l'entendis renifler à nouveau.

— Mais je te promets que je vais mettre un tel procès au cul de ce journal qu'il coulera. Et j'en ferai de même avec les magazines si je peux.

— Je déteste devoir te dire ça mais, tu sais, l'argent peut changer beaucoup de personnes et de bien des manières. Une simple petite grenouille de bénitier peut se transformer en un terrifiant prédateur. Et puis, qui d'autre aurait pu faire ça ?

— En tout cas, ce n'est pas Susan. Elle est assez intelligente pour savoir qu'une telle connerie mettrait fin à sa carrière. Et puis, nous sommes amies. Je l'aime comme si elle était ma sœur, je l'ai toujours aimée.

Je sentis que sa voix se mettait à trembler et ses mots se noyèrent dans ses larmes.

Ressentait-elle aussi ce sentiment de trahison, même si elle s'entêtait à défendre Susan ? Je n'en étais pas sûr, mais je le suspectais.

— Je sais que vous étiez proches quand vous étiez gamines mais, sœurette, nous sommes adultes maintenant. La vie nous a changés à bien des égards, que sait-on d'elle vraiment ? Enfin, je parle de Susan à l'âge adulte, celle qui en a bavé depuis qu'elle est venue s'installer à New York.

— Tout ce que je peux te dire c'est que, sérieusement, je n'arrive pas à croire qu'elle ait pu faire ça.

Je n'aimais pas penser qu'elle en soit capable, mais toutes les preuves semblaient la montrer du doigt. C'étaient bien ses magnifiques photos, celles prises lors d'une des plus importantes journées pour ma famille, étalées partout à travers le globe. Elle avait prostitué une journée qui était censée être privée et gardée loin des regards inquisiteurs de la foule.

Par ailleurs, Susan m'avait demandé d'arrêter de la payer. Où allait-elle trouver l'argent pour payer ses factures en attendant que son business prenne de l'ampleur et qu'elle soit capable de faire des bénéfices ? Bingo… elle avait dû toucher une très jolie somme en revendant les photos.

Chapitre 21

Susan

Les photos du mariage, *mes* photos, étaient partout sur Internet. Ce fut l'une des premières choses que je vis lorsque j'ouvris mon ordi ce mercredi matin. Horrifiée, je me suis mise à enquêter pour constater l'étendue des dégâts. Il y avait déjà bien trop de photos publiées sur les réseaux sociaux pour étouffer l'affaire.

Les journaux et magazines tapissaient, eux aussi, leurs couvertures avec les photos prises pendant la cérémonie.

J'ai appelé Nate, même si je savais qu'il se trouvait encore en Arizona pour quelques heures. Je devais lui dire que je n'y étais pour rien. Je n'avais rien à voir avec ces fuites. Et je n'arrivais toujours pas à retrouver ma carte SD.

Lorsqu'il ne répondit pas, je me mis à paniquer. Anna était assise sur le canapé avec sa tablette et regardait les photos sur Internet.

— Anne, il me déteste. Il ne prend même pas mes appels.

Je me suis penchée, les coudes sur les genoux, et j'ai vu l'autel de l'église affiché sur le web.

— Peut-être est-il en rendez-vous ? Tu ne peux pas te laisser aller à penser qu'il te déteste. Il ne te ferait jamais ça, Susan.

J'ai passé le reste de la journée à faire les cent pas, à me ronger les ongles et appeler Nate. Je me suis retenue de l'appeler quelques heures parce que je savais qu'il était en plein vol, mais j'en étais physiquement malade. Peu importe ce qu'avait pu dire Anna, je savais qu'il me détestait. Il devait penser que j'avais tout manigancé pour le trahir, lui et sa famille.

— Tu dois aller le voir en personne, Susan. Sérieusement, bouge tes fesses, prends ta voiture, va le voir et demande à lui parler, face à face. S'il tient vraiment à toi, il voudra te voir. Il écoutera ta version de l'histoire.

— Tu as raison. S'il m'aime autant que je l'aime, il me donnera au moins une chance pour que je puisse lui prouver mon innocence.

Dix minutes plus tard, je quittai l'appartement pour foncer chez Nate.

Sa voiture ne se trouvait pas dans son emplacement de parking, il ne répondit pas à mon appel ni au texto que je lui avais envoyé par la suite. Je me garai sur l'emplacement visiteur et je l'attendis. Il finirait bien par rentrer et lorsqu'il le ferait, j'étais déterminé à lui parler, qu'il le veuille ou non.

Une heure passa avant que je ne voie des phares s'approcher. La voiture s'arrêta, face à moi, ne bougea pas pendant plus de trente secondes, puis continua son chemin jusqu'à un emplacement de parking. C'était lui.

Je bondis hors de la voiture, je me plaçai devant la sienne et attendis qu'il sorte. Quand il ouvrit la porte, il ne me regarda même pas. Il faisait exprès de ne pas me regarder. Mon cœur se tordit de douleur.

Lorsqu'il passa devant moi, il marchait comme à son habitude, plein d'assurance. J'ai dû forcer le pas pour ne pas qu'il me sème.

— Nate, s'il te plaît. J'ai besoin de parler avec toi.

J'ai voulu l'attraper par le bras mais je me suis retenue. Anna avait raison, s'il tenait vraiment à moi, il m'écouterait. Il voudrait m'écouter.

— Pour le moment, ce n'est pas une bonne idée.

Il continua de marcher, comme si je n'étais pas là.

— D'accord, mais fais au moins l'effort de m'écouter. Tu n'as pas à parler, je te demande juste de m'écouter.

— Je suis vraiment débordé en ce moment.

Il entra dans le lobby et se dirigea vers l'ascenseur, sans ralentir.

— Nate ! S'il te plaît ! Je suis venue te dire combien j'étais désolée pour tout ça. Je n'ai rien à voir avec toute cette histoire. Je te le jure !

J'avais le cœur lourd et mon estomac était de plomb, je craignais d'être prise à nouveau d'un malaise.

Il se retourna tellement brusquement que je fis deux pas en arrière. Il me jeta un regard noir.

— Tu as vendu ces photos pour te faire de l'argent, Susan. Quel genre de personne sournoise et mesquine est capable de faire un truc comme ça ? Tu savais que tout devait rester confidentiel et pourtant, aujourd'hui, ça fait la une de tous les journaux !

La rage qui brûlait dans ses yeux me bouleversait.

— Tu penses vraiment que c'est moi qui ai fait ça ? Pour de l'argent !

Je commençais à me demander si nous nous connaissions vraiment.

La porte de l'ascenseur s'ouvrit derrière lui.

— Oui, c'est ce que je pense. Rien ne prouve le contraire.

— Mais pourquoi irais-je tout saboter en vendant des photos que je m'étais engagée à ne pas partager ? Pourquoi foutre notre relation en l'air pour de l'argent ? Réfléchis un peu, Nate.

Je le suppliais des yeux, de tout mon cœur et dans chaque mot que je prononçais. Il jeta un œil sur l'ascenseur et secoua la tête.

— Je ne veux plus en entendre parler. Ce qui est fait est fait. Les dégâts sont irréversibles. Maintenant, tu peux essayer de continuer à vivre avec la décision que tu as prise et surtout, garder tes excuses. Tu ne peux pas espérer qu'un simple pardon puisse effacer tout ça. Je me suis porté garant pour toi. Je t'avais fait confiance.

Il tourna les talons en se dirigeant vers l'ascenseur.

— Et le pire dans tout ça, c'est que ma famille te faisait confiance.

Il entra dans l'ascenseur.

J'ai fait un bond en avant et j'ai posé ma main sur la porte pour l'empêcher de se fermer.

— Tu sais quoi ? Ton manque de confiance en moi est répugnant et puéril. Je suis ici, en train de mettre mon cœur à nu et tu me tournes le dos, tu nous tournes le dos, tu renonces à ce que nous avions, sans même réfléchir logiquement à la situation.

Je me suis mise à souffler, je débordais de rage. Peut-être n'étions-nous pas faits l'un pour l'autre, après tout, hein ?

— Peut-être que je ne te conviens pas. Tu peux me baiser et me présenter à ta famille, mais tu es incapable de me faire confiance ? Mais quel manque de maturité !

J'ai ôté ma main et la porte s'est fermée.

Sur le chemin du retour, je ne savais vraiment pas comment arranger les choses tant la situation était foutue, au-delà de toute réparation. Je me suis traînée jusqu'à ma chambre et je me suis effondrée sur le lit. J'avais le regard perdu dans la pénombre, j'essayais de refouler la nausée et mes larmes. Les larmes n'ont jamais résolu quoi que ce soit ; elles ne faisaient qu'aggraver les problèmes de la vie.

J'avais enlevé mes chaussures, je me suis hissée jusqu'à l'oreiller et je me suis recroquevillée en position fœtale. Les pensées s'entrechoquaient en moi à un rythme alarmant et j'avais vraiment peur de faire une dépression nerveuse.

Mon téléphone se mit à chanter pour m'avertir que je venais de recevoir une notification. Je me suis levée d'un coup et j'ai pris mon téléphone qui se trouvait au pied du lit. J'espérais vraiment que ça soit Nate. Mon cœur et mon âme suppliaient que ça soit Nate. Mais ce n'était pas lui.

Au lieu de ça, je vis qu'Avery venait de m'envoyer un message.

J'ai vu ton travail s'étaler partout aujourd'hui. Je me suis peut-être trompé sur ton petit hobby débile – il est peut-être très lucratif après tout, mais peut-être pas pour toi.

Des fourmillements glacés parcoururent ma tête et descendirent le long de mon dos. Ce mec était un vrai psychopathe. Tout coulait de source. Il avait volé la carte SD lors de sa visite, la veille. C'était pour ça qu'il avait tripoté mon appareil photo.

J'avais très peur d'Avery. Ses crises m'avaient déjà fait peur mais là, c'était toute autre chose. Ce mec était réellement ce stalker psychopathe contre lequel Anna m'avait mise en garde. Mon estomac était tout flagada et j'avais du mal à respirer.

Je fus prise d'une violente nausée et je courus jusqu'au lavabo pour me rafraîchir le visage. Je lus et relus son texto toute la soirée, sans pour autant y répondre.

Je grimpai dans mon lit, sachant pertinemment que je ne trouverais pas le sommeil et là, je compris que je n'arriverais jamais à me débarrasser d'Avery, à moins de déménager. Peut-être fallait-il que j'aille vivre dans un autre état. Je ne croyais pas que d'aller vivre à l'autre bout de New York soit un obstacle pour lui. Il trouverait toujours le moyen de me tomber dessus, à moins que je m'éloigne tellement de lui que je sois vraiment hors de sa portée.

Appuyée contre la tête de lit, j'ai regardé le soleil se lever. Ça serait la dernière fois que je le verrais depuis cet appartement, à New York. J'avais pris la décision de déménager et de tout recommencer. Ça ne serait pas facile mais, après tout et jusqu'à présent, est-ce que ma vie d'adulte m'avait fait beaucoup de cadeaux ?

Chapitre 22

Nate

Trois mois s'étaient écoulés sans que je reçoive de nouvelles de Susan ou que je la croise. Le premier mois, j'étais plutôt content qu'elle ne soit plus là. Ça me donnait le temps de me remettre de sa trahison, pas vrai ? Le premier mois passa, puis le deuxième, puis le troisième. Ma solitude et ma tristesse, au lieu de se dissiper, ne faisaient qu'empirer.

Faire la fête n'aidait pas vraiment ; je ne pouvais pas être en compagnie d'une femme sans la comparer à Susan. C'était un cycle infernal et tout cela commençait à me taper sur les nerfs. J'étais entouré de filles riches et superficielles, toutes plus refaites les unes que les autres, et ça me rendait malade.

Je voulais juste oublier Susan et continuer avec ma vie. Elle m'avait trahi de la pire façon possible et pourtant, je pensais à elle tous les jours. La nuit ? C'était encore pire, car je repensais à ces souvenirs, lorsqu'elle se trouvait dans mes bras, lorsque je me réveillais à ses côtés, et ça me torturait sans relâche.

Me saouler jusqu'à en tomber par terre ne me permettait même pas d'oublier un peu la douleur qui crevait mon cœur, hanté par cette femme.

Après avoir passé ma soirée à ruminer et à m'en vouloir de ne pas pouvoir oublier Susan, ma mère était venue me rendre visite. Elle fit comme chez elle, se servit un verre avant de m'en proposer un. J'ai décliné son offre, ce qui lui fit lever les sourcils. Je ne refusais jamais un verre, sauf quand j'étais au travail.

Elle prit place dans un fauteuil, en face de moi, dans le salon et me regarda, l'air suspect.

— Bon, mon garçon, tu vas me dire ce qui ne va pas ? Cela fait des semaines que tu déprimes.

— Susan et moi avons rompu et je n'arrive pas à m'en remettre. Je sais qu'elle m'a trahi mais… je laissai le reste de la phrase inachevée, avec des points de suspension, car j'étais incapable de la finir.

— T'a trahi ? Oui, c'est bien ce qu'elle a fait. Et elle a aussi trahi tout le reste de la famille. Sans oublier l'adorable famille de Romie.

Elle but une gorgée de son verre et sourit froidement.

— Je t'avais dit qu'elle n'était pas assez bien pour toi, Nate. Encore une fois, j'avais raison et permets-moi de te dire que je suis ravie que vous vous soyez séparés.

Son sourire eut l'air sincère, une chose rare chez ma mère.

— Eh bien moi, je ne peux pas dire que je sois content. Je n'ai jamais eu autant de mal à me remettre d'une rupture.

J'essayais tant bien que mal de ne pas me braquer face à l'attitude condescendante d'autosatisfaction de ma mère, mais ce n'était pas chose facile.

Elle s'avança sur le fauteuil et son visage s'illumina.

— J'ai justement le remède qu'il te faut. La fille de Marshall et Stefania. Elle a 23 ans, elle est célibataire et honteusement riche. Elle vient d'hériter des deux côtés de ses grands-parents et vous formeriez un couple magnifique.

Elle se leva et se dirigea vers la fenêtre.

— Tu imagines ? Une double page consacrée à votre couple ?

Elle se tourna puis grimaça.

— Tu sais, comme celle qui parlait de toi et de Véronique, et que ta petite fermière a vendue au monde entier. Sauf que cette fille est beaucoup mieux pour toi et ton futur.

J'ai enfoui la tête dans mes mains et je me suis mis à grommeler.

— Mère, s'il te plaît, Sylvie ne m'intéresse pas. Je n'aime pas Marshall ni Stefania et j'ai dû croiser Sylvie deux fois dans ma vie. C'est non.

Ma mère me tapota l'épaule.

— Ça va aller, mon chéri. Je sais que tu es encore en train de ruminer au sujet de cette fille de fermier mais, crois-moi, c'est pour le mieux.

Elle posa son verre et prit le chemin de la porte.

— Je vais arranger un rendez-vous.

Je l'ai regardée, furieux, prêt à lui déballer ma réponse. Mais, au lieu de ça, ma mère leva la main et me dit de me taire.

— Ne t'inquiète pas, ça sera un simple déjeuner avec des amis que je n'ai pas vus depuis longtemps. C'est juste que toi et Sylvie serez là, vous aussi. Personne ne saura que c'est prémédité et ça sera parfait pour voir s'il y a du potentiel entre nos deux jeunes enfants.

Elle me fit signe de la main et sortit rapidement.

Je n'en pouvais plus ! Ses tentatives pour me caser avec une fille qui avait un statut social et un compte en banque fourni m'exaspéraient au plus haut point. Je me rendis dans mon bureau pour me noyer dans le travail et pour mettre mon esprit en sommeil quelques heures. Enfin, c'était le plan de départ.

Un quart d'heure après, le téléphone sonna. C'était Alexandria.

— Nate, je viens de raccrocher avec nos avocats, ceux qui traînent le *Herald* en justice. Il y a des bonnes et des mauvaises nouvelles, mais je crois que dans ton cas, les nouvelles seront plutôt bonnes.

Je soufflai, perplexe.

— Au point où on en est, j'ai mes doutes, sœurette.

— Non, écoute-moi. Le propriétaire du journal a dit qu'il ne savait pas qui leur avait adressé les photos. La carte SD leur a été envoyée anonymement et elle n'était accompagnée d'aucune demande de paiement.

Ces photos valaient une petite fortune. Si je pensais avoir les idées confuses auparavant, là, j'étais carrément sidéré.

— Ce n'est probablement qu'un mensonge, sœurette. Quelqu'un essaye de se protéger et de protéger sa source. Tu sais comment ces gens procèdent. On a eu affaire à ce genre de personne auparavant.

J'étais déterminé à ne pas me faire dérailler par cette nouvelle révélation et à rester muré dans ma dépression. Pourquoi commencer à espérer si c'était pour voir toutes ces illusions s'écrouler plus tard ?

— J'ai vraiment beaucoup réfléchi à tout ça. Vraiment, j'ai du mal à penser à autre chose. Mais ça n'a aucun sens, sauf si quelqu'un cherche à détruire la réputation de Susan. C'est la seule raison possible qui me vient à l'esprit. Mais qui serait assez pervers pour faire ce genre de truc à une fille aussi gentille ?

Et là, comme un rideau de nuages s'écartant pour laisser place au soleil, la réponse est apparue devant mes yeux, et cette épaisse brume de désespoir et de tristesse se dissipa.

— Il n'existe qu'une seule personne aussi rancunière, manipulatrice et vile pour faire ça à Susan et lui causer des problèmes, pour elle et son « petit hobby stupide », ses mots, hein, pas les miens.

— « Un petit hobby stupide » ? Nate, que dis-tu ? Ce n'est pas un hobby pour elle et ce n'est pas stupide. Comment peux-tu dire ça ? Je sais que tu es en colère contre elle, qu'elle t'a blessé, mais…

— Non, c'est ce qu'il disait d'elle tout le temps. Ça fait des mois qu'il s'acharne contre elle et c'est lui qui parlait de son amour pour la photographie de cette façon.

Je ne me souvenais même pas m'être levé, mais je me trouvai en train de faire les cent pas, donc j'avais dû me lever à un moment ou à un autre. La colère me consumait.

— Mais de qui parles-tu ?

— Je parle d'Avery Stanton, dis-je en serrant les dents.

— N'est-il pas l'un de tes meilleurs employés ?

Le ton de sa voix laissait transparaître son scepticisme.

— Oui, c'est le manager de Talbot Western Builders. C'est l'un de mes meilleurs éléments parce que, justement, c'est un mec sans pitié. Dans le monde des affaires, c'est une bonne chose d'être froid et calculateur, d'agir comme un psychopathe, mais dans le domaine des relations personnelles… il y a des limites.

Je me suis servi un grand verre.

— Il a déjà fait en sorte qu'elle perde son travail de serveuse au restaurant et je ne te parle même pas de la multitude des autres offenses qu'il a commises.

— Oh, mon Dieu, Nate. Tu ne m'avais jamais parlé de ça. Tu crois vraiment que c'est lui qui a fait le coup ? Il pouvait avoir accès à son matériel, à ses photos ?

— Je ne sais pas comment il a fait, mais je suis certain que c'est lui. C'est la seule personne qui m'est venue à l'esprit. Il faut que je te laisse. Alex, je dois appeler une certaine jeune femme à qui je dois bien plus que des excuses.

— Oui, elle mérite encore bien plus. Bonne chance. Ça vaudra ce que ça vaudra, mais je tiens à te dire que je n'ai jamais vraiment cru en sa culpabilité, Nate. Elle était folle de toi et je m'en suis aperçu dès la première fois où je vous ai vus ensemble. Allez, va sauver ta relation parce que, crois-moi, tu ne trouveras jamais une femme aussi bonne pour toi que Susan.

Je ne me suis jamais aussi senti aussi répugné et rempli d'un désir de vengeance dans ma vie. J'avais toujours cru être un homme décent qui respectait tout le monde et surtout les femmes. Ma propre réaction à cette situation me foutait le moral en l'air. Faute de trouver des mots plus élégants, je m'étais vraiment comporté comme un énorme trou du cul avec Susan.

Je ne méritais pas son pardon. L'avais-je mieux traitée qu'Avery ? En fin de compte, non, pas vraiment. Si elle maudissait le jour où nous nous étions rencontrés, il y a bien des années, lorsque nous étions enfants, je ne lui en voudrais pas.

Je faisais passer mon téléphone d'une main à l'autre, débattant la meilleure approche possible pour lui offrir mes excuses. Alors que je me tenais près de la fenêtre, en regardant en direction de son immeuble, je me suis souvenu à quel point j'avais été nul avec elle, le jour où elle était venue s'excuser et tenter de m'expliquer ce qui s'était passé. J'avais été sans cœur, sans pitié en ce qui concerne notre relation personnelle. J'ai penché la tête et j'ai fixé son numéro affiché sur l'écran de mon téléphone. Je regardai la photo de son visage souriant et mon cœur devint lourd. Serait-elle moins froide avec moi maintenant ? Je pouvais toujours espérer, mais je savais qu'elle aurait tous les droits de m'envoyer balader. Et le pire dans tout ça, c'est que je ne pourrais même pas lui en vouloir.

Je suis peut-être un lâche, mais je ne pus l'appeler ni entendre sa voix pleine de douleur et de colère dirigée contre moi. Au lieu de ça, je lui envoyai un long message. Ça aurait été beaucoup plus facile de parler mais je ne m'en sentais pas capable.

La réponse vint rapidement, mais elle fut écrite par quelqu'un d'autre. Un homme, un certain Benjamin, me répondit en deux mots : *Mauvais numéro.*

Eh bien, peu importe qui était ce Benjamin, il venait de lire ce message dans lequel je proférais de multiples excuses, suppliais Susan d'essayer de comprendre ma situation et lui demandais de me rappeler au plus vite.

Je courus dans mon bureau et me rendis sur son site web. Il avait été désactivé et tous les fichiers avaient disparu. Je lançai une recherche sur Internet mais sans résultat non plus. Je ne trouvai que quelques vieux profils sur les réseaux sociaux. Ils avaient été laissés en friche depuis des années. Elle ne les avait pas actualisés et elle ne les avait probablement pas consultés depuis qu'elle avait quitté la fac.

Sans tarder, j'ai sauté dans ma voiture et j'ai foncé chez elle. Je ne pouvais pas la laisser fermer son site web et mettre sa carrière à la poubelle à cause d'Avery. Jusqu'à aujourd'hui, je n'avais aucunement pensé à vérifier le statut de son site web. Si je m'en étais rendu compte plus tôt, j'aurais peut-être pu faire quelque chose. Mais l'aurais-je vraiment voulu ? À l'époque, j'étais encore en colère contre elle. J'étais carrément furieux et extrêmement blessé, alors je pense que non, probablement non.

Je suis arrivé devant son immeuble et j'ai cherché sa voiture sur le parking. J'ai fixé sa fenêtre plusieurs minutes mais je ne vis aucun signe, j'avais plutôt l'impression de passer pour un mec bizarre.

Alors, après avoir rassemblé tout mon courage, j'ai frappé à sa porte. Une femme d'une quarantaine d'années a ouvert la porte. Derrière elle, je pouvais apercevoir un homme du même âge, confortablement installé dans un fauteuil, en train de regarder du sport à la télé.

Elle se montrait dubitative et je pus voir que l'expression sur le visage de cette femme trahissait un peu de peur.

— Jeune homme, puis-je vous être utile ?

Restant maître de moi, j'ai hoché la tête.

— Je l'espère. Je cherche une amie à moi qui habitait dans cet appartement. Je ne sais pas si elle y demeure encore.

Je lui fis un signe de la main pour la désigner, elle et son compagnon.

— Mais, je suppose qu'elle a dû déménager pendant mon absence.

— Cela fait trois mois que nous habitons ici. Personne d'autre ne vit avec nous.

Son sourire était chaleureux, comme pourrait l'être celui d'une grand-mère. Enfin… pas comme celui de ma grand-mère, mais plutôt comme celui d'une grand-mère idéale.

— Elle s'appelle Susan Marley et elle habitait ici avec Anna Breslin. Vous ne sauriez pas où elles ont déménagé, par hasard ?

Elle secoua la tête.

— Je suis navrée mais je n'en sais rien. Je n'ai jamais entendu parler de leurs noms auparavant.

Je l'ai remerciée pour son aide et suis retourné dans ma voiture en me demandant où Susan avait bien pu aller. Je ne savais rien d'Anna, juste son nom, donc c'était une piste que je pouvais d'ores et déjà abandonner.

Mais Susan avait de la famille en Pennsylvanie, peut-être aurais-je plus de chance là-bas.

J'allais faire payer Avery pour ce qu'il avait fait. Il n'allait pas s'en tirer comme ça. Cependant, mon premier objectif était de localiser Susan. J'allais tout faire pour la retrouver. Même si je devais en crever, j'allais m'assurer de pouvoir me réconcilier avec elle.

Chapitre 23

Susan

Les séances de vidéo chat avec Anna étaient devenues le point fort de ma semaine depuis que j'avais quitté New York pour Chicago. Elle se mit à rire à l'écran et secoua la tête alors que je faisais tourner le téléphone pour lui montrer mon nouvel espace bureau.

— Tu t'es vraiment surpassée, Susan ! C'est fantastique, je suis tellement contente pour toi !

Elle se mit à pousser des petits cris et à faire comme si elle me prenait dans ses bras.

— Tiens, voilà, je viens de virtuellement te serrer très, très fort dans mes bras.

Nous avons ri toutes les deux.

— Je ne peux pas te décrire combien je suis heureuse ici. Bosser pour Limelight, c'est vraiment génial et je suis en train de me tailler une place dans le milieu. Je manque de temps pour m'occuper de tous ces projets.

— Waouh ! On te réclame, dis donc ! Profites-en bien !

Elle claqua du doigt et se mit à bouger son bras de façon théâtrale.

— C'est bien ce que je compte faire. Mon rêve est enfin en train de devenir réalité. J'ai passé beaucoup de nuits blanches, beaucoup de nuits à organiser, planifier, mais, au bout du compte, tout ce travail va vraiment en valoir la peine.

— Hé, tu te souviens quand j'ai emménagé avec ces trois mecs, juste après que tu aies pris tes cliques et tes claques et que tu sois partie vivre à Chicago ?

Elle se mit à rigoler.

— Oui.

Elle avait dû quitter l'appartement que nous partagions peu après mon départ, car elle ne supportait pas de vivre seule et ne pouvait pas rester là-bas sans moi, ce qui me paraissait plutôt marrant étant donné qu'elle vivait seule dans cet appartement avant ma rupture avec Avery.

Son sourire s'élargit.

— Eh bien, Brax et moi sommes en couple maintenant. C'est fini le temps des plans cul où tu te demandes vraiment ce que tu es en train de faire. Je crois bien que c'est le bon, Susan.

Elle souriait tellement qu'on aurait dit que son sourire lui faisait le tour de la tête.

— C'est une super nouvelle, Anna ! Félicitations ! N'oublie pas de suivre les conseils que tu me donnais.

Mon cœur, rempli de tristesse, se mit à battre très fort. Nate me manquait terriblement et parfois, j'en étais encore malade. Mais, la façon dont il m'avait traitée le dernier jour où nous nous étions vus m'avait bien fait comprendre qu'en fin de compte, il ne tenait pas tant que ça à moi et ne m'aimait pas comme j'avais pu l'aimer, lui. C'est pour ça que l'annonce de cette incroyable nouvelle me gâcha un peu la journée.

— Tu sais, ça me manque de ne pas t'avoir à mes côtés, Susan. Plus rien n'est pareil ici, sans toi. Elle tapota l'écran avec son doigt. Je suis coincée ici pour le moment mais je vais venir te rendre visite très bientôt. Je vais prendre quelques jours de congés d'ici peu.

— C'est génial. Tu me manques, toi aussi. Je me suis fait des amis ici, mais tu resteras toujours ma meilleure copine au monde, dis-je en prenant la voix de petite fille, ce qui la fit rire. Préviens-moi quand tu penses venir me voir pour que je puisse te préparer un super, haut de gamme, vachement confortable… canapé-lit !

On a éclaté de rire toutes les deux et nous nous sommes dit au revoir. J'attendais la visite d'Anna avec impatience. Cela faisait trop longtemps que nous avions eu l'occasion de vraiment tout nous raconter et de nous prendre dans les bras l'une de l'autre, pour de vrai.

L'image de Nate me hanta tout au long de mes préparations pour le gala de charité de l'Addendum Children's Cancer Awareness qui devait avoir lieu ce soir-là.

Je n'avais pu ni manger ni me reposer de toute la journée.

Même si mon côté bureau était spacieux, le reste de l'appartement était petit et je n'avais pas vraiment assez de place pour m'étirer et essayer de chasser Nate de mon cœur et de mes pensées. Je faisais les cent pas autour de la table de la cuisine, dans le salon, autour du canapé et de nouveau dans la cuisine. Je suivais le même chemin, encore et encore, le même que j'empruntais depuis que j'habitais ici. Chaque fois que Nate faisait intrusion dans mes pensées et pourrissait mes journées, je me mettais à marcher.

Parfois j'étais dehors quand l'envie me prenait, alors j'allais marcher dans un parc ou bien je faisais quelques tours de pâté de maisons.

Mais, ce soir-là, je devais impérativement me concentrer sur mon travail. Ce gala de charité allait prendre place dans une ancienne demeure élégante, en pleine campagne, loin des lumières, des bruits et de la pollution de la ville. Et, comme à New York, des personnes riches et puissantes seraient là, en train de rivaliser pour gratter leur petit coin sous la lumière du projecteur. On a beau changer de lieu, les gens ne changent guère.

Je me suis arrêtée dans un petit café et j'ai commandé un cappuccino à la vanille grand format pour booster un peu mon niveau d'énergie. La veille, j'étais restée debout toute la nuit, j'avais travaillé toute la journée et j'avais préparé mon itinéraire. Je commençais à ressentir un coup de barre. J'étais trop fatiguée pour vraiment pouvoir donner le meilleur de moi-même ce soir-là et sûrement trop fatiguée pour pouvoir conduire et rentrer chez moi après le gala, à moins que ce cappuccino n'accomplisse des miracles.

En général, lorsque j'étais en route pour un projet de travail, je me perdais au moins une fois et encore, c'était un record pour moi. Je dirais plutôt que j'arrivais à me perdre au moins trois fois avant de trouver le bon endroit. Grâce à la caféine qui courait dans mes veines et me donnait l'illusion de déborder d'énergie, j'avais installé mon matériel en un rien de temps et j'étais déjà en train de prendre des photos.

Le rez-de-chaussée grouillait déjà de personnes tirées à quatre épingles, et toutes les femmes paraissaient s'être transformées en vitrines où étaient étalés de somptueux bijoux en or et parés de diamants. Et je suis sûre qu'aucun de ces bijoux n'était un faux. J'aurais parié ma chemise qu'elles portaient toutes de vraies pierres précieuses. J'adorais la façon dont la lumière du lustre se reflétait sur le collier en diamant d'une femme que je ne connaissais pas, on aurait dit un prisme, alors je pris plusieurs clichés de cette dernière et de ses amis.

L'appareil photo collé au visage, j'effectuai un demi-cercle et je pris un cliché panoramique de toutes ces belles personnes depuis mon point de vue, un petit salon luxueux où personne ne s'était encore installé. L'alcool coulait à flots et les serveurs se faufilaient parmi la foule avec tellement d'aisance que j'enviais leur grâce.

Je me suis reculée vers les escaliers de l'entrée principale et j'ai pris en photo les détails architecturaux qui mettaient en valeur toute la richesse et l'histoire de cette demeure. Ce genre de cliché était idéal pour illustrer de petits articles secondaires et ça me rapportait un peu d'argent en plus, sans pour autant me donner beaucoup de travail supplémentaire. Les articles étaient plutôt courts, alors je ne considérais pas ces projets comme du travail pour moi. C'était un peu la cerise sur le gâteau, l'occasion de mettre un peu de beurre dans les épinards. C'est pourquoi j'acceptais toujours ce genre de projet avec grand plaisir et chaque fois que mon emploi du temps le permettait.

Sur le grand palier moquetté, je me suis appuyée contre une colonne pour stabiliser mon appareil photo : je voulais prendre des clichés des invités en train de discuter, de rire et de briller de mille feux dans le hall d'entrée.

J'étais très confortablement installée et on ne pouvait plus détendue. Je naviguais dans cette zone où le sommeil profond se mêle à la pensée consciente. La main qui tenait mon appareil s'est affalée à deux reprises et m'a rappelée à l'ordre.

Après le deuxième incident, je savais qu'il serait plus prudent que je change de place avant que je ne tombe des escaliers, mais je n'avais ni la force ni l'envie de quitter ce petit nid douillet et je comptais bien en profiter encore quelques minutes.

Je me suis mise à bâiller, pas très discrètement, ai mis mon appareil photo en bandoulière et l'ai laissé reposer contre mon ventre, puis j'ai remué les bras pour stimuler ma circulation sanguine. J'ai penché ma tête sur le côté pour étirer les muscles de mon cou. Alors que j'étais sur le point de me remettre à prendre des photos des invités dans le hall d'entrée, je vis quelqu'un que je pensais ne jamais revoir de toute ma vie.

Nate Talbot.

J'ai descendu les escaliers et je suis revenue dans le coin du salon. J'essayai de disparaître dans l'ombre et de me cacher derrière les invités qui continuaient de rire et de boire. Je n'osais pas prendre de photo, de peur que le flash n'attire son attention. Je ne bougeais pas et je l'ai regardé entrer. Il se frayait un chemin parmi la foule, avec toujours autant d'assurance. Il était toujours aussi beau. Il scannait les visages des invités et était accompagné par un homme qui papotait à ses côtés.

J'espérais que l'un des journalistes présents dans la foule le remarquerait. Ça l'occuperait et me donnerait une chance de partir sans qu'il s'en aperçoive. Je n'avais absolument rien à lui dire. Le revoir me faisait déjà assez mal comme ça, alors je ne voulais pas avoir à me confronter à lui pour ajouter à la douleur que je devais supporter chaque jour. S'il recommençait à m'accuser comme il l'avait fait la dernière fois, j'étais sûre de perdre la tête. Non, il m'avait déjà fait assez de mal comme ça.

J'étais en train de chercher une issue de secours qui me garderait hors de sa vue. J'ai regardé parmi tous les invités. Il n'y avait aucun journaliste aux alentours. Ils étaient tous agglutinés de l'autre côté de la pièce, derrière Nate, juste à l'entrée. Ma seule chance était de me faufiler derrière deux hommes en tuxedo et à la large stature, puis de partir par une petite porte, près des escaliers.

Chapitre 24

Nate

Le gala de charité au bénéfice de l'Addendum Children's Cancer Awareness avait été organisé par les associations hospitalières qui dépendaient des entreprises Talbot. Elles nous appartenaient depuis le milieu des années 80 et n'avaient jamais cessé d'attirer les gens les plus fortunés du pays. Les dons étaient les bienvenus et tout à fait nécessaires. Grâce à eux, plusieurs hôpitaux pour enfants pouvaient continuer d'offrir gratuitement des tests et des traitements aux familles les plus dans le besoin.

Tout en gardant la tête baissée, j'espérais vraiment que l'homme qui était à mes côtés et qui n'arrêtait pas de me parler depuis mon arrivée se lasserait et me laisserait tranquille. Je me suis faufilé dans le petit salon. Cinq journalistes avaient été conviés à ce gala, sur l'initiative de ma mère, mais mon but était de les éviter. En fait, j'aurais préféré ne pas me rendre à ce gala du tout, mais comme j'étais le représentant de l'empire Talbot, ma mère et ma grand-mère ne voulaient rien entendre et m'avaient forcé à venir, pour sauvegarder les apparences.

Les canapés dans ce salon étaient ignorés par tout le monde ; les gens préféraient rester debout en petits groupes alors qu'ils continuaient de boire et de rire. Il y avait tant d'hypocrisie dans cette pièce ! Entre les sourires, les hochements de tête et les réactions exagérées, j'en avais la nausée.

Je me suis dirigé vers un coin de la pièce où je pourrais peut-être me fondre dans la masse et passer inaperçu. C'est à ce moment-là que j'ai levé le regard et que j'ai vu Susan, debout, son appareil photo en bandoulière.

Elle écarquilla les yeux lorsqu'elle m'aperçut. Je me frayai un chemin parmi les invités, me mettant presque à courir pour aller la rejoindre. Je n'avais absolument pas peur de me faire rejeter. Tout ce que je voulais, c'était me retrouver près d'elle, lui expliquer que j'étais au courant de tout, lui offrir toutes mes excuses dans l'espoir qu'elle me pardonne et que je puisse la reconquérir. Je ne pouvais plus le nier : j'étais amoureux de Susan et je ne serais content que lorsque nous serions à nouveau ensemble, une fois qu'elle serait dans mes bras, pour toujours.

Avant que je ne puisse m'approcher, elle s'enfuit par la porte, puis vers les escaliers. Me fichant bien de la réaction des autres, je me mis à courir derrière elle.

J'arrivai en bas des escaliers et je criai :

— Susan ! S'il te plaît, attends ! J'ai besoin de te parler. Arrête !

Elle était presque arrivée en haut des escaliers et se retourna si rapidement que son appareil photo lui échappa des mains.

Elle descendit quelques marches et plongea son regard dans le mien, blessée et débordante de colère.

— C'est trop tard, Nate Talbot. Tu as gâché l'opportunité de me parler comme un adulte, oui, tu as vraiment tout gâché ! Je n'ai absolument rien à te dire. Tu dois me laisser tranquille maintenant.

Elle se retourna à nouveau et courut jusqu'en haut des escaliers. Les journalistes m'avaient remarqué et se ruaient vers moi, rendant inaccessible toute issue de secours. Redescendre les escaliers était ma seule option, alors je suis resté là où j'étais et j'ai gardé mon calme assez longtemps pour trouver des réponses à mes questions.

Ma mère et ma grand-mère m'avaient appris qu'il fallait que je sauve à tout prix les apparences et ne trahisse pas la famille Talbot. Parfois, c'était comme si elles m'avaient jeté un mauvais sort. En tout cas, c'est ce que je ressentais, figé, là, en bas de ces escaliers.

De toute façon, je savais que Susan serait forcée de redescendre à un moment ou à un autre. S'il fallait que je l'attende là toute la soirée, je le ferais. Je n'allais pas la laisser s'enfuir à nouveau. Cela faisait plus d'un mois que je m'étais promis de la retrouver. Même en embauchant le meilleur détective, je n'avais rien pu savoir et je ne savais pas du tout où elle se trouvait. Je savais juste qu'elle habitait à Chicago et qu'elle travaillait pour le Limelight. Le détective privé n'avait pas encore réuni tous les autres détails la concernant.

Si je la laissais partir, il se pourrait bien que je doive attendre encore un mois avant de pouvoir la localiser à nouveau.

Chapitre 25

Susan

Perchée à l'étage, je me préoccupais au sujet de Nate. Et puis, je m'en suis voulu de lui donner autant de pouvoir sur moi. Pourquoi ne pouvais-je pas passer à autre chose ? Je n'avais jamais laissé quelqu'un gouverner ma vie et mes émotions de cette façon.

Je me suis assise sur le bord d'un fauteuil à haut dossier et je me suis mise à pleurer de frustration. Bientôt, les invités se presseraient dans la salle et le hall d'entrée serait vide. C'est à ce moment-là que je pourrais partir. J'avais déjà pris assez de photos et de clichés secondaires pour éviter de me faire remonter les bretelles par Limelight.

Et même si j'allais rencontrer quelques problèmes, je préférais ça plutôt que d'avoir à me retrouver devant Nate. Le manque de sommeil et les nerfs en boule ne faisaient pas bon ménage, j'étais d'humeur volatile. Je n'avais vraiment pas envie de me mettre à pleurer et à hurler devant toute la Haute Société de Chicago. J'avais déjà été humiliée devant toute l'élite de New York et ce n'était pas une expérience que je souhaitais répéter, surtout maintenant que j'avais réussi à refaire ma vie.

Et puis, c'est Nate qui avait tout gâché et mis à mort toute chance de réconciliation. Pas moi ! J'étais allée lui courir après pour m'excuser et tout lui expliquer. Il s'était montré glacial et distant. Il s'était mis dans tous ses états, avait été détestable, puis m'avait rejetée sans s'en faire le moins du monde.

Dix minutes avaient passé et je m'étais considérablement calmée. Mon initiative pour aller me cacher avait fait des miracles et m'avait remis les idées en place. Ma vision était en train de s'ajuster aux lumières tamisées et je découvrais combien cette demeure était magnifique.

D'énormes tableaux, les plus imposants que je n'aie jamais vus, en décoraient les murs et des œuvres plus petites, mais tout aussi splendidement exécutées, venaient les complémenter. On pouvait lire sur les petites plaques en laiton le nom des propriétaires de cette demeure. Les femmes avaient l'air si sévères que je me disais avoir de la chance de ne pas être l'une d'entre elles. Les hommes, eux, adoptaient des postures stoïques, le regard perdu, veillant sur leur vaste propriété.

En marchant le long du corridor, je fus étonnée de voir tant de statues le long des murs. Certaines se trouvaient nichées dans des alcôves, haut placées, d'autres, plus imposantes, étaient à même le sol, mais toutes étaient à couper le souffle tant elles étaient synonymes de perfection. Je me demandais qui les avait sculptées et si certaines d'entre elles étaient des statues d'origine. J'avais entendu dire que les gens riches achetaient fréquemment de tels objets et le faisaient même sur le marché noir.

Alors que j'avançais le long du couloir, je repensais à Nate, mais cette fois-ci, les idées moins confuses. Aurais-je dû le laisser me parler ? Aurait-il pu me dire quelque chose qui aurait changé ce que je pensais de lui ? S'était-il passé quelque chose pour qu'il veuille me parler à tout prix ?

Si je ne lui laissais pas la chance de s'exprimer, alors, je ne vaudrais pas mieux que lui. Je ne voulais pas avoir à comparer mes actions avec la façon odieuse et brutale dont il m'avait traitée à New York. Je valais mieux que ça. Et sinon, alors, j'avais encore beaucoup à travailler pour tenter de m'améliorer.

Je me suis mise à chercher une salle de bain et j'ai commencé à ouvrir des portes au hasard. Cette maison était un vrai labyrinthe de couloirs, de salons, de salles de réception et de chambres. Je n'arrivais même pas à déterminer la fonction de certaines de ces pièces.

Je pus enfin trouver une salle de bain. J'entrain et, aux premiers abords, on aurait dit une salle de bain comme les autres, peut-être un peu plus grande que la normale. Ce n'est qu'après avoir allumé la lumière et m'être tournée vers le lavabo que je compris à quel point je m'étais trompée. Cette salle de bain était aussi grande que le salon du rez-de-chaussée. Il y avait deux énormes et luxueuses douches. L'une était entourée de pierres qui semblaient avoir été empruntées à un vieux château tandis que l'autre, toute de marbre, était nichée dans un coin.

Sur l'un des côtés, il y avait un très grand dressing, assez grand pour complémenter une chambre de la même taille. Ce dernier était équipé d'un canapé, d'une station de manucure et pédicure, d'un fauteuil et d'une table de coiffeur. Mes yeux faillirent sortir de leurs orbites ! Quelqu'un menait la belle vie ici.

Je me suis à nouveau dirigée vers le lavabo pour me passer le visage sous l'eau fraîche. J'ai regardé le reflet que me renvoyait le miroir. J'avais les yeux rouges, ils étaient injectés de sang, de gros cernes noirs s'étaient installés sous mes yeux. Quant à ma peau, elle était d'une pâleur extrême. Comme dirait ma mère, j'avais le teint blafard. J'avais désespérément besoin de dormir, de bien m'alimenter et de beaucoup de rayons de soleil.

Me sentant un peu rafraîchie, je me suis séché le visage et j'ai vérifié l'état de mon appareil photo. Je voulais prendre quelques clichés des salons de réception à l'étage ainsi que des couloirs que je venais de visiter. J'aurais besoin de la permission des propriétaires pour prendre ces photos, mais ils pourraient les faire publier dans un magazine de décoration intérieure si j'arrivais à obtenir les permissions nécessaires.

Ma carte SD était pleine. Je me suis installée sur le canapé, y ai déposé l'appareil photo et ai fait glisser mes mains sur le tissu doux en microfibre. Ce n'était pas le genre de texture dont je raffolais, mais c'était résistant et fonctionnel et, par conséquent, tout à fait adapté pour un canapé de spa ou de salon de coiffure.

J'ai fouillé dans les poches de mon manteau et ai trouvé le boîtier de rangement pour la carte SD. J'ai inséré une nouvelle carte SD, puis j'ai rangé l'autre. J'avais une collection d'objets tous très éclectiques dans ma poche : un demi-rouleau de pastilles antiacides, deux stylos dont un seul avait encore de l'encre, une enveloppe pliée sur laquelle j'avais gribouillé une adresse, un petit flacon d'aspirine et un tube vide qui avait contenu des pilules caféinées.

Les trucs qu'on trouve dans la poche d'une personne sont des indices très révélateurs.

Une odeur de fumée vint me chatouiller les narines. Ce n'était pas cette fine fumée de cigarette ou encore celle un peu plus épaisse et parfumée d'un cigare. L'odeur était étouffante, quelque chose qui ne devait pas brûler avait pris feu et j'étais en train de le respirer. Ça sentait la peinture, le vernis, la moquette, le plastique et le bois. Un cri paniqué, aigu et perçant, brisa le silence et j'en eus la chair de poule.

J'ai fourré toutes mes affaires dans mes poches et me suis précipitée vers la porte.

Je l'ai ouverte en grand et fus submergée par cette acre fumée qui déboulait le long du couloir, formant un épais nuage gris et blanc. Les escaliers étaient ma seule issue de secours et ils se trouvaient en plein milieu de cette fumée. Je me suis couvert la bouche et j'ai quitté la salle de bain pour me diriger vers le milieu du couloir. Les flammes avaient déjà ravagé une partie du sol et du mur du fond. Je ne pouvais pas dire où l'incendie s'était déclaré, mais je pensais qu'il avait dû commencer dans les cuisines, les seules pièces où je n'avais pas encore pris de photos.

Je suis vite retournée dans la salle de bain et le plus loin possible de cette fumée suffocante. J'ai fermé la porte et j'ai attrapé des serviettes. Je les ai balancées dans les douches pour les mouiller. J'ai bloqué le bas de la porte avec les serviettes mouillées, en tentant de ne pas céder à la panique. Combien de temps tarderaient les pompiers avant d'arriver ici ? Combien de temps passeraient-ils à me chercher avant de me trouver ? Ma seule option de survie était de bloquer la fumée le plus possible.

Au cas où les invités n'auraient pas songé, dans leur panique, à prévenir les secours, j'ai saisi mon téléphone et j'ai appelé 9-1-1. Je me suis assise sur le bord du canapé, à nouveau sur le point de fondre en larmes.

On m'a assuré que plusieurs camions de pompiers étaient en route et mon interlocutrice m'a dit de ne pas bouger, de rester là où j'étais. Je lui ai ensuite expliqué où je me trouvais et elle relaya l'information aux équipes de secours.

Chapitre 26

Nate

Après m'être débarrassé des journalistes, il m'apparut évident que les autres invités avaient été informés de mon arrivée. Ils voulaient tous venir bavarder avec moi pour leur propre bénéfice. J'avais l'habitude de tout ça, mais ça ne faisait pas diminuer mon ennui ou mon exaspération face aux conversations tragiquement débiles et très répandues qu'entretenaient les personnes riches et célèbres.

Je suis resté près des escaliers alors que je continuais d'ouvrir l'œil pour Susan. Cela faisait maintenant près d'une demi-heure qu'elle se trouvait à l'étage. Si elle ne revenait pas dans les cinq prochaines minutes, c'est moi qui irais la chercher. Et puis, j'ai entendu une femme crier.

C'était le genre de cri qui appelle un homme à agir. Le genre de cri qui vous transperce le cœur et met votre glande surrénale en overdrive. La foule se tut et tout le monde leva les yeux vers le haut de l'escalier, bouche bée, pour voir ce qui se passait.

Une femme que je ne connaissais pas et qui était vêtue d'un uniforme se mit à crier de plus belle.

— Au feu ! Il y a un feu à l'étage !

Elle montra les lieux du doigt, puis se tourna pour dévaler les escaliers, les yeux écarquillés et le visage pâle.

Se retrouver au milieu d'une bousculade avec des gens qui avançaient et couraient tous dans la même direction, affolés, équivaut à se laisser entraîner par le courant destructeur d'un rapide. Vous vous retrouvez complètement impuissant, vous devez compter sur votre force physique pour vous en extirper et surtout, ne pas paniquer.

Alors que la foule me passait devant et me piétinait presque, je ne pensais qu'à une seule chose : Susan se trouvait encore à l'étage. Et si elle était allongée, là-haut, inconsciente, victime d'inhalations de fumée ? Et si elle se trouvait près des flammes ? Elle pourrait être en train de se faire dévorer par le feu, pensai-je alors que j'essayais tant bien que mal de monter les escaliers.

Des flammes rouge et orange bondirent hors du mur et spiralèrent pour toucher la partie haute du plafond. Mon cœur se mit à battre à toute allure. Je réussis à mettre la main sur la rambarde de l'escalier et à me sortir de ce mouvement de foule qui s'agglutinait vers la porte. Les cris se mélangeaient, bourdonnaient et ne formaient plus qu'une sorte de bruit de fond quand j'atteignais enfin le haut de l'escalier, à la recherche de Susan.

La fumée m'étouffait. J'ai couvert mon visage avec le revers de ma veste. Je regardais de chaque côté, essayant d'imaginer où elle avait bien pu aller. Les colonnes de feu et l'océan de fumée m'attirèrent vers la gauche. Si elle était en danger, elle se trouverait dans cette direction. Si elle s'était trouvée de l'autre côté, elle aurait déjà senti l'odeur de la fumée et aurait rejoint le rez-de-chaussée pour s'échapper.

J'ai enlevé ma veste, voilé et protégé mon visage puis ai bondi à travers le premier brasier. Il y avait comme des poches d'air pur entre chaque brasier. Je me suis plaqué contre le mur et me suis faufilé derrière la statue d'un homme nu, en toussant et en essayant de respirer le moins profondément possible. La chaleur intense me brûlait à travers mes vêtements.

Une fois de l'autre côté des flammes, j'ai retiré ma veste de mon visage.

— Susan ? Est-ce que tu es là ? Susan !

Je suis passé devant trois portes en criant le plus fort possible, avant d'entendre la voix étouffée d'une femme derrière la porte suivante. Je me suis mis à courir, mais je me suis rendu compte que la fumée était trop épaisse et les flammes trop nombreuses pour que je puisse la ramener au rez-de-chaussée en traversant le couloir, puis en empruntant les escaliers.

Je l'entendis tousser derrière la porte que j'ouvris. Elle était recroquevillée dans un coin et toussait, une serviette posée sur le visage. Lorsque je m'approchai d'elle, elle tendit ses bras vers moi tandis que les larmes coulaient sur ses joues.

— Ça va aller, je suis là maintenant. Ça va aller.

Elle hocha la tête et plissa les yeux dans ma direction à travers l'épaisse couche de fumée. Je la soulevai et elle vint enfouir son visage dans mon épaule, puis enroula ses bras autour de mon cou. Elle resta dans cette position alors que je retournais en courant dans le couloir pour atteindre la porte d'à côté. La fumée n'avait pas encore réussi à pénétrer dans cette chambre. Je posai son pied près de la fenêtre.

— Tu peux te tenir debout ?

J'avais mis ma main derrière son dos, au cas où.

— Je crois que oui.

Elle se mit à tousser et à respirer fort. J'ouvris la fenêtre et je jetai la moustiquaire. Je l'invitai à respirer l'air frais.

— Respire bien profondément pendant une minute.

Je regardai en bas et j'aperçus un gros buisson de conifères touffus.

J'avais réussi à contrôler ma toux, mais Susan éprouvait plus de difficultés.

— On va devoir sauter, Susan.

Je la pris par son avant-bras.

— Sauter ?

Ses grands yeux tout rouges se tournèrent vers le vide.

— On n'a pas le choix. Le feu arrive dans notre direction. On ne peut pas revenir dans le couloir et descendre les escaliers. Il n'y a pas d'autre issue.

Elle me fila entre les doigts pour aller chercher un duvet épais sur le lit et elle l'arracha avec plus de force que je ne l'aurais imaginé.

Elle me tendit un coin de la couverture et me dit :

— Aide-moi à le faire tomber sur les buissons. Je n'ai pas envie de m'empaler et de mourir coincée dans un buisson. Ce duvet devrait atténuer l'impact de notre chute, enfin, j'espère.

Malgré la situation dans laquelle nous nous trouvions, je me suis mis à sourire. C'était une super bonne idée, en tout cas, moi, je n'y aurais jamais pensé. Les buissons se trouvaient environ quatre mètres plus bas, mais il y avait presque cinq mètres jusqu'au sol. J'ai sauté en premier, ai atterri sur le dos avant de rebondir sur les branches du buisson. Quelques branches m'avaient coupé à travers le duvet mais Susan s'en tirerait mieux, étant donné qu'elle pesait 30 kilos de moins que moi.

Elle hésita quelques secondes, regarda par-dessus son épaule, puis sauta. Elle tomba sur le côté et je pus la rattraper avant qu'elle n'atterrisse par terre.

Elle enroula à nouveau ses bras autour de moi, elle se mit sur la pointe des pieds et m'embrassa en pleurant.

— Merci de m'avoir sauvé la vie, d'être venu me chercher.

Elle reniflait et riait en même temps.

Je l'ai un peu éloignée de moi et l'ai regardée droit dans les yeux.

— Je ne laisserais jamais quoi que ce soit te faire du mal. Je me battrais contre tous les démons de l'enfer pour que tu restes hors de danger. Je t'aime.

Je la pris contre moi en la serrant très fort et en l'embrassant comme il se doit, passionnément, profondément.

Épilogue

Susan

Nate renonça à son héritage et coupa les ponts avec la plus grande partie de sa famille. Sa mère n'arrêtait pas d'interférer dans nos affaires, et quand il lui annonça que nous allions vivre ensemble, elle péta un câble. Madelaine le menaça en essayant de lui faire perdre la face et sa fortune. Elle tomba si bas qu'elle commença à l'éviter, comme si le fait d'être avec moi l'avait souillé et qu'il n'était plus digne d'être son fils, d'être un Talbot.

Il me promit que tout irait bien, que nous nous en sortirions indemnes, peu importe les menaces de sa mère. Et jusqu'à présent, nous allions plus que bien. Nous allions superbement et fantastiquement bien. Une ligne de communication ouverte, sans crainte de représailles, nous liait encore plus fortement, nous étions soudés par un amour profond.

Il y a de cela deux mois environ, nous avons passé trois semaines au ranch de sa grand-mère, en Pennsylvanie. Nous avions accepté de lui garder le ranch pendant qu'elle était en vacances en Italie. Quand nous sommes allés rendre visite à mes parents, ma mère nous avoua qu'elle avait toujours su que Nate et moi finirions par être ensemble. Elle en avait le pressentiment depuis que nous étions adolescents.

C'était chouette de passer du temps auprès d'eux, c'était tellement merveilleux de quitter la ville et de pouvoir profiter de vacances bien méritées au cours desquelles nous pourrions nous concentrer l'un sur l'autre et oublier un peu notre travail.

Alexandria nous appelait chaque semaine pour nous tenir au courant de ce qui se passait dans sa vie. Elle était toujours tellement contente et je me demandais bien comment elle y arrivait. Dès que nous fûmes rentrés en ville, elle arrangea un dîner chez Nate. Pensant que ça serait l'occasion rêvée de se relaxer encore un peu, j'ai accepté de bon cœur. Alex et moi étions redevenues amies, nous partagions à nouveau ce lien très fort qui nous avait unies, enfants.

Elle semblait être la seule personne dans la famille de Nate qui adorait l'idée de nous savoir à nouveau ensemble.

Le soir du dîner, elle déboula par la porte d'entrée avec une bouteille de vin et son grand sourire illumina la pièce tout entière.

— Bonsoir, mes chéris ! C'est tellement génial de vous voir ensemble.

Elle me serra très fort dans ses bras et tendit la bouteille de vin à Nate.

— Je ne l'ai jamais vu aussi heureux, me confia-t-elle en le traînant jusqu'à la salle à manger.

Les plats avaient l'air délicieux et sentaient encore meilleur. Ce n'était pas un de ces plats coûteux, préparés par un chef comme l'aurait imposé Madelaine. C'était un assortiment de plats tout simples préparés grâce aux recettes de ma mère et, pour le dessert, une salade de fruits dont la grand-mère de Nate avait partagé le secret.

Nate escorta Alex jusqu'à sa place, puis tira la chaise pour elle. Il fronça un sourcil lorsqu'il s'aperçut que je ne l'avais pas attendu et que j'avais déjà pris place.

— Ça sent divinement bon et je n'ose même pas savoir le nombre de calories par assiette, mais c'est quoi exactement ?

Perplexe, elle me lança un sourire, soupçonnant que j'en étais l'auteure.

— C'est une escalope panée. Mais toi, tu n'as pas vraiment à te faire de souci pour les calories. Tu es resplendissante, comme toujours.

Je pris le verre dans lequel Nate avait versé du vin et j'attendais pour trinquer.

Il s'assit.

— À quoi on trinque, ce soir ?

Alex inclina son verre.

— À la bonne nouvelle que je suis sur le point de partager avec vous.

Nate et moi échangeâmes un regard, puis il demanda :

— Et quelle est la nature de cette bonne nouvelle ?

Elle nous fit attendre un moment, procédant comme le ferait un metteur en scène expert pour faire durer le suspense, puis elle serra les lèvres et nous regarda, Nate et moi. Enfin, elle ne put se contenir et s'exclama :

— Je suis enceinte !

Son rire était une explosion pure de joie et d'enchantement, ce qui le rendit contagieux.

Nous trinquâmes à cette merveilleuse nouvelle, mais elle reposa son verre et préféra boire de l'eau.

— Je ne peux plus boire d'alcool maintenant. Je dois penser au bébé.

Le dîner se poursuivit et nous parlâmes de tout et de rien, des événements des derniers mois, comme pourraient le faire de vieux amis. Et pendant tout ce temps, je n'arrêtais pas de penser au fait que je puisse être enceinte, moi aussi.

J'avais acheté un test de grossesse la veille mais j'avais peur de le faire. Mes nerfs se mettaient en boule chaque fois que je pensais à la possibilité de devenir maman. Faire naître un enfant n'était pas le plus difficile, le plus dur, c'était de l'éduquer et de bien le faire.

Après le dîner, Nate dût prendre un appel téléphonique pour le travail et se retira dans son bureau. Il ferma la porte et nous présenta ses plus plates excuses en chuchotant. Alex lui dit de partir, se mit à rire et m'attira vers elle.

— Dis-moi, j'ai remarqué que tu n'as presque pas touché à ton verre de vin pendant le dîner et que ton visage est tout simplement éclatant. Donne-moi tous les détails, qu'est-ce qui se passe ? Tu es resplendissante, toi aussi.

— Je ne sais pas, mais mes règles sont en retard.

J'ai souri et j'ai posé un doigt sur mes lèvres pour qu'elle se taise.

— Je n'ai encore rien dit, je ne veux pas m'emballer.

— Tu as acheté un test de grossesse ? On pourrait s'éclipser et aller en chercher un à la pharmacie pendant qu'il est au téléphone. Les mecs ne remarquent généralement pas ce genre de choses.

Elle se leva. Je la pris par le bras pour qu'elle prenne place à côté de moi.

— J'en ai un dans la salle de bain des invités. Je ne l'ai pas encore fait, je me dis que c'est peut-être encore trop tôt, tu vois ce que je veux dire ?

Elle secoua la tête et demanda :

— Tu as raté combien de fois tes règles ?

— Deux fois, répondis-je immédiatement.

— Un test peut te dire si tu es enceinte ou pas si tu as raté une fois tes règles, si tu es en retard de quelques jours ou que tu saignes moins.

Elle se leva, me prit par la main et me hissa.

— Allez, on va faire ce test.

— Maintenant ? Tu ne dois pas le faire quand tu te lèves le matin ?

J'ai bien tenté de lui résister mais elle ne m'écouta pas.

— Non, tu peux le faire à tout moment de la journée. Fais-moi confiance, dit-elle en me montrant son ventre. J'ai fait le test après dîner et il était positif. C'est mon médecin qui a confirmé ma grossesse le lendemain avec une prise de sang. Ce ne sont plus les mêmes tests qu'utilisaient nos mamans.

Elle se retint de rire et se couvrit la bouche pendant que j'essayais de la faire taire.

— D'accord, d'accord.

Nous ricanions comme deux adolescentes sur le point de faire une bêtise et nous éclipsâmes dans la salle de bain des invités.

Elle me poussa vers les toilettes en imitant le bruit d'un train à vapeur.

— Fais-moi voir le test.

Elle me tendit la main. Je le sortis de sa cachette, car il était enfoui derrière une pile de serviettes pliées dans le cabinet, puis je lui ai donné.

Elle déchira l'enveloppe en plastique et la jeta à la poubelle. Elle prit le bâtonnet et désigna le capuchon.

— Tu l'enlèves, tu fais pipi sur le bâtonnet, tu remets le capuchon et tu le poses ici. On attendra ensemble dans la chambre.

Elle posa le test dans ma main et elle quitta la salle de bain en fermant la porte.

J'ai regardé ce bâtonnet un long moment. Mon cœur battait très fort. Et si j'étais vraiment enceinte ? Comment Nate allait-il réagir ? Je croyais que pour ma part, je serais heureuse. Rien ne me rendrait plus heureuse que de bâtir une famille avec lui. Mais je ne voulais pas lui imposer ça maintenant, le surprendre, car peut-être m'en voudrait-il plus tard.

Les mains tremblantes, j'ai retiré le capuchon. Après avoir remis le capuchon, j'ai déposé le bâtonnet sur la boîte, à côté du lavabo et je me suis lavé les mains. Je ne quittais pas des yeux cette petite fenêtre qui devait m'annoncer le résultat, à la fois apeurée et excitée.

Quand je rejoignis Alex qui était assise sur le bord du lit, elle me prit la main et la serra très fort.

— Oh, mon Dieu ! C'est tellement excitant ! Imagine un peu… et si nous étions enceintes en même temps ? Ça serait tellement bien !

On pourrait aller faire les boutiques et acheter des trucs pour les bébés ensemble, on pourrait organiser nos fêtes prénatales toutes les deux.

Puis, elle écarquilla les yeux et ouvrit la bouche en grand.

— Et si on accouchait le même jour ? Ça ne serait pas formidable ?

— Je ne sais même pas si je suis enceinte ou pas, alors évite de crier trop fort. Je ne veux pas que Nate suspecte que je sois en train de faire un test de grossesse.

J'ai souri en prononçant ces paroles pour qu'elles soient un peu moins sèches. Son excitation était compréhensible, mais moi j'étais encore incertaine et apeurée.

Son téléphone se mit à sonner pour nous prévenir.

— Il est temps.

Elle éteignit son téléphone et me suivit jusque dans la salle de bain mais resta postée à l'entrée.

Je fixai mon reflet tout en m'approchant du test. J'avais l'impression d'avoir du plomb dans les jambes et des fourmis dans les pieds. Le test se trouvait directement sous ma main mais je continuais de me dévisager dans le miroir. Où était cet éclat qu'Alex avait noté en moi ?

Ma peau paraissait un peu plus éclatante, mais c'est parce que nous venions tout juste de revenir de nos vacances au ranch et que j'avais passé beaucoup plus de temps au soleil que d'habitude. Et puis, j'en avais profité pour me reposer. Mais cela expliquait-il mes pommettes joufflues et mes yeux clairs ?

— Oh, arrête de traîner, Susan. Le suspense est en train de me donner une crise cardiaque.

Elle faisait tapoter sa main contre l'embrasure de la porte.

— C'est un grand moment pour moi. Ce moment va définir le reste de ma vie et la départager en deux sections bien distinctes : le « *avant* » et le « *après* ». J'ai juste besoin d'un moment pour digérer ça.

J'ai respiré profondément, j'ai pris le bâtonnet par le milieu en prenant soin d'en dissimuler le résultat jusqu'à ce qu'il arrive à hauteur de mes yeux. Et puis, lentement, j'ai déroulé mes doigts pour laisser apparaître la petite fenêtre.

Derrière moi, Alex s'est mise à pousser des petits cris dans la salle de bain et a fermé la porte.

— J'en étais sûre !

Elle me serra dans ses bras et j'ai bien cru que j'allais faire des bonds de joie semblables à ceux que ferait un enfant le jour de Noël en découvrant une nouvelle PlayStation sous le sapin.

Par-dessus son épaule, je fixais le test. Il était positif.

Le lendemain matin, je n'avais toujours pas annoncé la nouvelle à Nate. Je voulais le faire au bon moment, le planifier, le faire sans craindre d'être interrompue. Je cherchais le moment idéal.

J'ai essayé de ne pas trop me prendre la tête sur la façon d'annoncer à un homme qu'il allait devenir père, mais il n'y a pas de mode d'emploi universel pour ça. Rien pour vous guider, étape par étape, tout est purement instinctif. C'est le genre de chose que tu fais dans le feu de l'action, sans recevoir aucune aide.

D'ailleurs, parfois, je me disais que c'était la façon la plus sage d'aborder la vie.

Après le petit-déjeuner, Nate vint m'embrasser.

— Je veux que tu portes une jolie robe, confortable, rien de trop chic. J'ai une surprise pour toi, plus tard.

Il me lança un clin d'œil et attrapa mon menton entre son pouce et son index.

— Ah bon ? Quel genre de surprise ?

Me délectant de son physique sculpté, je fis voguer ma main le long de son torse nu et musclé, puis le long de ses biceps.

— Non. Je ne te dirai rien, même si tu menaces de me tuer.

Il embrassa le bout de mon nez et se dirigea vers les escaliers.

— Il va falloir que tu prennes ton mal en patience et que tu attendes.

En riant, je me mis à le bombarder de questions.

— Est-ce que ça mord ? C'est vivant ? C'est venimeux ?

— Peut-être. Je crois bien que oui. Non, vraiment pas.

Il se retourna et grimpa les escaliers. Ses réponses ne parvinrent qu'à m'embrouiller mais ce n'était pas grave, j'adorais les surprises. Surtout celles concoctées par Nate.

J'ai débarrassé la table, puis suis allée prendre une douche avant de me mettre à la recherche d'une robe à la fois confortable et de circonstance.

Un peu plus tard, Nate me rejoignit dans la chambre alors que j'étais en train de me brosser les cheveux.

— Qu'en dis-tu, es-tu prête pour ta surprise ?

— Bien sûr que oui, mais j'aimerais bien que tu me donnes au moins un petit indice.

— C'est hors de question. Tu n'en sauras pas plus.

Il se pencha vers moi et m'embrassa, mais je mis les freins pour que notre baiser ne dégénère pas en ébats passionnés.

— Allez, on y va !

Nous quittâmes la ville et alors que je regardais le paysage changer et défiler devant moi, j'eus comme une impression de « déjà vu ». Le paysage urbain s'était métamorphosé en tableau digne de Norman Rockwell, puis avait fait place à la campagne et aux champs.

— On va où, mon chéri ?

Je dessinais du doigt le dos de la main qu'il tenait posée sur la boîte de vitesse en flirtant un peu, dans l'espoir de le distraire et de lui tirer les vers du nez.

— Tu pourras sans doute le deviner d'ici peu.

Il se mit à sourire et continua de se concentrer sur la route.

Nous suivions une petite route qui ne cessait de rétrécir et qui avait décidé de suivre les courbes naturelles des lieux plutôt que de se soumettre à cette linéarité propre à la ville. Ce sentiment de « déjà vu » m'assaillit à nouveau.

Dans l'espoir d'éliciter un souvenir quelconque, je mis au défi ma mémoire obstinément confuse en étudiant chaque champ, chaque étendue de verdure et l'horizon. J'étais certaine d'avoir déjà emprunté cette route mais j'en avais oublié la destination. C'était super, car j'étais tellement occupée à me creuser la cervelle que j'en avais oublié ma propre petite surprise et du coup, je ne me sentais pas nerveuse du tout.

Et puis enfin, au loin, la route sembla disparaître, comme si elle nous conduisait tout droit vers une falaise. C'est là que je compris où nous allions. J'ai poussé un petit cri et je lui ai donné une petite tape sur le bras.

— Tu aurais dû me dire que nous revenions ici !

On pouvait apercevoir un petit rectangle noir qui n'était autre que la pancarte du restaurant Hermitage Home.

— J'aurais pu mais ça aurait été nettement moins drôle.

Il prit ma main et pressa le dos de ma main contre ses lèvres.

— Pour qui ? Pour toi ou pour moi ?

Je savais déjà que cette soirée serait le moment idéal pour lui annoncer ma grossesse. Sans aucun doute, le restaurant Hermitage Home était un lieu qui abritait des souvenirs importants pour tous les deux, bien plus que n'importe quel autre endroit. C'était ici qu'il m'avait laissée entrevoir les sentiments qu'il éprouvait pour moi, peut-être pas totalement, mais c'est ce jour-là que j'avais su qu'il m'aimait. Et, que je l'aimais, moi aussi.

Il se gara et je pus remarquer qu'il n'y avait que deux autres voitures sur le parking. J'avais du mal à comprendre pourquoi un restaurant comme celui-là n'était jamais plein. Mais ça m'arrangeait plutôt bien, car je voulais que notre soirée soit la plus tranquille possible.

Il me mena vers la petite colline où j'avais pris des photos et nous profitâmes de la vue qui donnait sur ce même champ fleuri et au loin, sur ce même champ de foin. Le même tracteur faisait des allers-retours dans le champ en traçant des lignes nettes et droites. Le fermier faisait régner de l'ordre dans ce chaos.

J'espérais pouvoir être à la hauteur de ma mère. Élever des enfants, c'est toujours chaotique, même dans les meilleures circonstances. Ma mission, c'était de donner un sens à ce chaos et de rétablir l'ordre.

Nate passa un bras par-dessus mon épaule et jeta un œil à sa montre.

— Tu es en retard pour un autre rendez-vous, bébé ? lui demandai-je en le taquinant et en me frottant contre lui alors que la brise venait de balayer mes cheveux sur le côté.

— Non. Regarde ce coucher de soleil. Ça te dit quelque chose ?

— Le soleil était en train de se coucher la dernière fois que nous sommes venus ici. C'est à ce moment-là que tu as décidé de ne pas m'embrasser. Oui, je m'en souviens.

— Oui, c'est à ce moment précis. Il tourna le dos au soleil et prit ma main en m'attirant vers l'orme.

Il y avait un banc en bois et nous y prîmes place. Le coucher de soleil projetait des reflets de cuivre sur les champs. C'était absolument parfait. C'était le moment idéal pour lui annoncer. Je me tournai vers lui et il fit de même, au même moment.

Il prit ma main gauche et l'embrassa sur le dessus.

— Susan, veux-tu m'épouser ?

Il sortit une bague couverte de diamants de la poche de sa chemise, l'inclina sous les rayons du soleil, faisant refléter une couronne de lumière autour de la bague.

J'ouvris la bouche pour lui dire que j'acceptais, mais aucun mot n'en est sorti. Je le regardai, puis je regardai à nouveau la bague et je fermai la bouche. Je ne pouvais pas donner suite à sa demande sans lui parler du bébé. Ça serait mal de ne pas lui dire. Je retirai ma main et je vis son visage se décomposer.

— Nate, il faut que je te dise quelque chose.

Je pris son autre main dans la mienne.

— Si c'est pour me dire que tu ne veux pas, ne le fais pas. Je t'aime, Susan. Nous sommes faits pour être ensemble.

Il se pencha vers moi et serra sa main sur la mienne.

— Nate, moi aussi j'ai une surprise pour toi ce soir.

Je souris et les larmes commencèrent à me piquer les yeux.

— Je suis enceinte. Nous allons avoir un bébé, Nate.

Je retins ma respiration, guettant sa réaction.

— On va être parents ? Sérieux ? Tu es sûre ?

Je hochai la tête et ajoutai :

— J'en suis sûre, j'ai fait le test hier soir.

L'expression sur son visage changea lentement : son air choqué avait laissé place à un bonheur intense.

— Je t'aime tellement, Susan. Je n'arrive pas à croire que nous allons avoir un bébé !

Il recula, paraissant encore sous le choc, et me tendit la bague à nouveau.

— Tu n'as pas répondu à ma question.

Il s'agenouilla.

Le soleil couchant frôlait la cime des montagnes et des rayons mêlés de teintes orangées et violettes en jaillissaient. Lorsqu'il leva son regard, le visage de Nate se trouva illuminé par un halo doré. Mon cœur vacilla devant la beauté immaculée de cette scène. Elle resterait à jamais gravée dans ma mémoire. Quel merveilleux souvenir !

— Susan Marley, veux-tu m'épouser, devenir mon épouse, ma meilleure amie et la mère de nos enfants ?

Son sourire était exceptionnellement large mais il mettait en valeur son beau visage.

— Nate Talbot, rien ne me ferait plus plaisir. Oui, j'accepte d'être ton épouse, ta meilleure amie et la mère de nos enfants.

Il me passa la bague au doigt et se leva, m'attirant dans ses bras pour partager un baiser passionné sous ce ciel peint de mille couleurs.

Fin

Œuvre traduite de l'anglais et publiée par Dymat Group Limited.

ISBN : 9798669979492

Printed in Great Britain
by Amazon

44861375R00129